83년생
바보
장민수

본인은 어떤 색깔의
사람인가요?

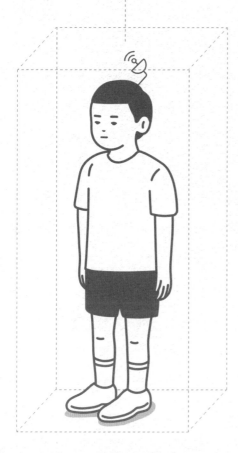

83년생
바보
장민수

장민수
지음

또르는책

(언제 멈출지 모르는 나의 시간에
저는 저를 남기고 싶었는가 봅니다.

미래를 시작하는 아이들에게 생각대로 이루어지는 세상에서 얻은
저의 깨달음을 전해주고 싶었습니다.

글을 쓰게 된 이유

저는 어릴 때부터 아이들을 좋아했습니다.

특별한 이유 없이 아이들을 좋아했고, 40대가 된 지금도 그 마음은 변함이 없습니다.

사람의 인생을 계절로 비교하면 유아기에서 10대는 봄을 닮았고 20대에서 30대는 여름을 닮았습니다. 40대에서 50대는 가을을 닮았고, 60대에서 70대는 겨울을 닮았습니다.

저에게도 봄이 있었고, 여름이 있었습니다.

이제는 가을이 제게 찾아온 것 같았습니다.

봄은 씨앗이 스스로 싹트기 위해 고통스러움에 몸부림을 치는 시간들이었고, 여름은 세상을 태울 듯이 내리쬐는 햇볕으로 저의 살을 태웠고, 고통이 있었습니다.

봄과 여름을 보내고 나니 이제 가을이 제게 찾아온 것 같습니다. 봄과 여름을 보내고 가을을 느끼고 있으니 고통 또한 스쳐 지나간다는 것 진리를 알게 되는 것 같습니다.

곧 겨울도 찾아올 것 같습니다.

하루는 바삐 지나가고 때로는 정적으로 지나가지 않습니다. 이 또한 그것을 느끼는 사람의 마음에 따라 느끼는 감정에 따라 시간은 다르게 흘러가는 것 같습니다. 시간을 10대부터 80세까지 자동차의 속도에 비교한 글을 읽었습니다. 이제 저의 시간은 시속 42km로 지나가고 있습니다.

언제 멈출지 모르는 나의 시간에 저는 저를 남기고 싶었는가 봅니다. 미래를 시작하는 아이들에게 생각대로 이루어지는 세상에서 얻든 저의 깨달음을 전해주고 싶었습니다.

《83년생 바보 장민수》는 하느님께서 제게 주신 것 같습니다. 지나간 옛 기억과 미래의 인간들이 어떻게 하느님과 함께 살아야 하는지 방법을 제시해 주시는 것 같았습니다. 각자의 사람은 태어나서 소명을 찾고 진리를 찾아 헤매지만, 사람의 일생은 과거와 크게 달라지지 않았습니다. 사람으로서 깨닫는다는 것의 한계 또한 분명합니다. 과거의 사람들이 말했던 것을 현재의 언어로 새로 바꿔 말하는 것입니다. 과거와 현재와 미래의 환경은 분명히 다릅니다.

하지만 과거의 사람도 현재의 사람도 여전히 사람은 보이지 않는 것 알지 못하는 것에 대해 두려움을 가지고 있고, 세상을 모두 소유한 듯 행동하다 모든 것을 버려두고 갑니다. 이것은 변함없는 진실로 과거의 사람도 현재의 사람도 미래의 사람도 삶은 똑같이 겪어야 하는 것입니다.

저는 저의 기억을 깨달음을 남기려 합니다. 제가 사랑하는 아이들에게 모든 문제의 원인은 문제 안에서 답을 찾을 수 있다는 것과 시간이 흐르면 모든 문제는 저절로 해결된다는 것. 어떤 일도 나를 제외해서 피해 가지 않는다는 것. 감기가 누구에게 찾아와도 이상하지 않은 듯이 사람이 마음을 정해 받아들이는 대로 세상은 자신에게 찾아온다는 것을 전하고 싶습니다. 그리고 세상을 즐기며 살아도 한세상 괴롭게 살아도 한세상이라는 것을 말하고 싶습니다. 저는 스스로 경험하고 스스로를 사랑하라는 말을 전하고 싶습니다.

목
차

똥

똥에 대해 말하면 가장 처음 떠오르는 것은 더럽다는 것입니다. 냄새가 난다는 것입니다.

어릴 때 저는 밭에서 놀았던 적이 있습니다. 전포동에서 태어난 저는 황령산 아래 전포 3동에서 놀고 자랐습니다.

책의 시작부터 똥을 주제로 글을 쓰니 이글을 볼 사람들의 인상이 찡그려지는 것이 느껴지는 것 같습니다.

저는 금방 화장실을 다녀왔습니다. 그렇습니다. 사람들을 생명을 유지하고 있는 동안에는 육체를 유지하고 있는 한에는 어쩔수 없이 음식을 먹어야 하고 그 결과 음식은 맛을 느끼고 삼키는 과정을 거쳐 오장육부에서 소화라는 과정을 거쳐 최종적으로는 똥과 오줌으로 배출되게 됩니다.

사람들은 더럽고 냄새나는 것을 피하려 합니다. 똥이란 때로는 욕이 되고, 때로는 생명과 사랑이 되기도 합니다. 똥에 대해서 이야기하고자 합니다.

왜? 똥이 더러운 것이고 피해야 하는 것일까요? 본질적으로 오줌은 무균이라는 말을 들었는데 말이죠?

요즘에는 수세식 화장실이 거의 보급되어 푸세식 화장실이라는 것을 모르고 자란 사람들도 있어 보입니다. 제가 어릴 때는 푸세식 화장실이 대부분이었습니다. 화장실 근처에 가면 오줌의 지린내와 똥의 꾸리한 냄새가 흩어져 나옵니다.

이것을 아는 사람은 요즘 점점 사라져 가는 것 같습니다. 푸세식 화장실은 사용빈도에 따라 1년에 한 번, 아니면 두 번 오물트럭이 집 근처에 찾아와 긴 호스로 화장실을 변을 흡입해 갑니다. 묵은 똥을 빼서 가져갈 때 온 동네는 변의 냄새들로 가득하게 채워집니다.

어릴 적 저의 이 기억들은 아직까지 잊히지 않았습니다. 제가 어릴 적에는 공동화장실을 사용했고 현재 아파트에 들어온 저는 집안에 개인 화장실을 가지고 있습니다.

화장실을 갈 때 줄을 서지 않습니다.

저는 이것에 감사합니다.

30년 전만 해도 방 한 칸에 5명의 가족이 살았고, 4명, 7명 이상의 가족이 공동 주택에 살았고 화장실은 2칸 정도였습니다.

보통 사람은 아침에 일어나서 화장실을 갑니다.

공동 주택의 아침은 전쟁터와 같습니다.

일찍 일어나 화장실을 가야 합니다. 사람들과 마주치면 지옥이 시작됩니다. 화장실에 오래 있는 사람들이 있기 때문이죠. 변비를 가진 사람이 내 앞에 있으면 괴롭습니다. 저는 감사하게도 화장실을 편하게 갑니다. 늘 쾌변입니다.

어릴 적 명절에 시골에 가보았습니다. 그 당시 시골은 변을 거름으로 사용했던 것 같습니다. 시골집 초입에 들어서면 고향의 냄새라고 하는 변의 냄새들이 났으니까 말이죠?

그렇습니다. 과거에는 변은 거름이었습니다. 퇴비로 만들어서 밭에 뿌려 땅을 이롭게 만들어 그 땅에 상추도 심고, 배추도 심어, 파도 심어서 거기에서 자란 것들로 사람들은 양식을 만들어서 자신도 먹고, 남에게 팔기도 했습니다.

대한민국의 경제가 발전하고 퇴비는 닭의 똥을 발효시킨 퇴비 정도밖에 사용되지 않는 것으로 보입니다. 사람의 똥은 말 그대로 똥이 되어 거름이라는 가치를 잃어버린 것 같아 보입니다.

냄새나고, 더러운 똥이 되어버렸습니다.

세상은 순환합니다. 살아서 움직입니다.

사람이라는 물질의 근본적인 차이는 크지 않습니다. 사람을 구성하는 대부분의 성분은 물입니다. 그리고 다 기억하지 못하는 몇 가지의 성분을 가지고 사람이 구성됩니다.

사람은 매일 매일 똥을 생성합니다. 늘 한 덩어리쯤은 배 안에 넣어놓고 다닙니다. 온몸을 매일매일 깨끗이 하지만 바뀔 수 없는 현실은 사람으로서 똥을 지니지 않고 살아갈 수는 없다는 것입니다.

사람은 정신으로 존재하고, 그 기억을 남기는 행위로 앞으로 미래에 사람들에게 기억될 것입니다. 과거의 사람들이 그래왔던 것처럼 말이죠…

완전한 것은 없습니다. 요즘 유튜브를 보고 인스타를 보면 여신이 나오고 근육 짱들이 나오고 화려하기만 한 세상이 보입니다.

사진 속 동영상 속 세상은 아름다워 보입니다. 하지만 완벽함이란 존재할 수 없고, 영원한 것은 없습니다. 모든 것은 순환합니다. 자연에서 태어나 자연으로 돌아가는 자연의 이치에 따라 사람은 살고 죽습니다.

책의 처음부터 인상을 찌푸리게 하는 주제를 들고나온 이유는 다름 아닌 순환에 대해 이야기하고 싶어서입니다.

우리가 알지도 못하고, 다 기억하지도 못하는 원소, 원자들, 분자들로 이루어진 우리는 이 조합으로 덩어리가 되어 결실로 사람이 되었습니다. 그리고 사람은 자연에 존재하는 것들을 먹고, 마시고, 결과물로 똥을 남깁니다. 하지만 똥만 남기는 것이 아닙니다.

인간으로 태어나 일기를 남기는 것이죠… 사람의 육체는 영원하지 않습니다. 예전에는 매일의 똥이 토양을 이롭게 했고, 지금의 사람은 자신의 배설물로 음식을 만들어 먹지 않습니다.

다른 곳에서 요소라는 것을 찾았고 석탄, 석유에서 나온 요소는 비료가 되어 우리들이 먹는 음식의 영양소가 됩니다.

글을 읽고, 글을 남기는 사람이 되었으면 좋겠습니다. 근본적으로 신과 하나가 되는 인간이 탄생하지 않는 우리들이라면 우리는 영원히 배설물을 매일 내놓을 것입니다.

돈과 시간

어릴 적 저는 돈에 관심이 없이 자랐습니다.

저의 어머니의 어머니가 저희 어머니를 돈에 관심 없게 가르치셨기 때문입니다.

책을 읽고 나서 제가 깨달은 것이 있는데 그것은 바로 저희 어머니의 돈에 욕심을 갖지 않도록 하는 가르침이 세상의 본질과도 통하는 가르침이었다는 것입니다. 일정 필요 이상 자산을 소유하게 되면 삶에서 잉여 자산들은 큰 의미 없다는 가르침입니다.

사람들은 교육을 통해 책을 통해 지식을 얻습니다. 하지만 지식을 얻었다고 해서 그 지식들이 자신의 것이 아니라는 것도 알고 있을 것입니다.

83년생 바보 장민수

대부분의 사람들은 생각하지 않고 하루하루를 살아갑니다.

사람의 하루는 고달픕니다. 아침에 일어나 자신이 원하지 않는 것을 하느라 출근을 하느라 잠이 오는 눈을 비비고 가방을 챙겨서 일터로 나갑니다.

돈은 살아가려면 꼭 필요합니다. 하지만 없어도 살 수 있습니다.

왜 우리는 돈을 삶의 목표로 정하여 살아갈까요? 편안한 잠자리를 얻기 위해서는 많은 돈이 필요합니다. 맛있는 음식을 먹기 위해서는 많은 돈이 필요합니다. 좋은 옷을 얻기 위해서는 많은 돈이 필요합니다.

무엇인가를 하기 위해서는 돈이 필요합니다.

무엇인가를 하기 위해서 돈이 필요해 그 돈을 벌려고 자신의 시간을 사줄 사람들에게 구애하고, 팝니다. 하루의 시간에 대해 자신의 가치에 따라 많은 돈을 받기도 하고 최저 시급을 받기도 합니다.

저는 어릴 때를 회상합니다.

어머니와 아버지는 저를 두고 일을 하러 가셨습니다. 하루에 용돈 100원을 주셨습니다. 저는 100원으로 할 수 있는 것을 생각했습니다.

그때 35년 전 당시에도 100원은 적은 돈이었습니다. 붕어빵 하나를 살 수 있었고, 핫도그 하나도 살 수 있었습니다. 아이스크림도 100원이었고, 껌 한 통도 100원이었습니다. 라면 하나도 100원이었습니다.

돈은 사용하면 사라집니다.

저는 생각했습니다. 혼자 있는 일이 많았습니다. 혼자서 집을 지키는 일은 지겹고 따분했고, 100원을 요긴하게 사용해야 했습니다.

저는 생각했습니다. 이 100원이라는 돈을 어떻게 하면 오랫동안 사용할까?

오랫동안 생각했고 저는 껌을 사기로 했습니다. 껌은 오랫동안 사라지지 않았습니다. 씹던 껌의 단물만 맛보고 버리기보다는 보관해서 또 씹었습니다. 하루를 아끼면 100원이 200원이 되었고 열흘을 아끼면 1,000원이 되었습니다.

특별한 이유 없이 저는 돈을 모았고, 어릴 때부터 돈이 없어서 힘들었던 적은 없습니다.

돈의 본질은 사용할 때 가치가 발생한다는 것입니다.

사용하지 않는 돈은 사실 가치가 없는 것입니다. 통장에 숫자로 적혀 있는 돈은 사실 돈으로써의 기능을 하고 있지 않은 것입니다.

돈의 속성은 모이는 곳에 모여 있으려 한다는 것이고, 본질은 사용할 때만 그 순간에만 가치가 발생하고 사용될 수 있다는 것입니다. 사용하지 않는 돈은 가치가 없습니다.

지구는 둥글고 자원은 세상 곳곳에 있습니다. 자연에 그대로 존재하고 있습니다. 하지만 사람은 빛나고 아름다운 것들에 가치를 매기고 금고라는 곳에 모아둡니다. 그리고 그것을 자산이라고 합니다. 개인에게도 자산은 중요하고, 국가에게도 자산은 중요합니다.

과거에는 이 빛나고 아름다운 자산인 금, 은, 보석을 보관하고 있는 개인과 국가가 그 보관증으로써 돈을 지급했습니다. 현재는 달러가 기축통화가 되어 달러를 가지고 물품의 대금을 서로의 국가에 지급하고 지급받습니다.

지구에는 수십억 인구가 살고 있습니다. 사람은 평등하다고 합니다.

하지만 부는 평등하게 나누어져 공급되지 않습니다. 대부분의 국가의 10% 또는 1%의 인구가 자국의 부를 모두 소유하고 있습니다. 미국의 1% 중국의 1% 우리나라의 1%는 자신의 부를 이용하여 자유인으로 생각하고 있는 우리 시민들의 시간을 사고팝니다.

우리가 돈이라고 생각하는 것은 평소에는 존재하지 않습니다. 돈을 사용하지 않을 때는 돈이 기능을 하지 않습니다. 시골에 살거나, 오지에 사는 사람은 돈이 필요하지 않습니다. 대부분의 먹을거리는 자연에서 얻을 수 있으니까요? 필요한 것이 있으면 물물교환을 하면 됩니다.

하지만 물물교환을 할 때는 늘 자신이 가지고 있는 것은 좋아보이고, 남이 가진 것은 가치 없어 보입니다. 서로의 의식이 비교와 비교를 하게 하고, 자신이 가진 것에 대해 더 사람은 보다 많은 이익을 가지고 싶어 합니다.

그래서 돈이라는 것이 탄생한 것입니다. 물물을 시장이 만든 가치에 따라 공통적으로 교환하는 수단이 필요해 만들어진 것이었습니다. 흔해서는 안 됐고, 귀해야 했습니다. 자연에서 쉽게 구하기 힘들어야 가치가 있었습니다. 과거에는 금, 은, 동이었습니다. 조개껍데기, 진주였습니다.

우리는 평소 돈의 본질을 생각하지 않습니다. 그래서 내 삶의 목적이 돈인지? 아니면 무엇인지 생각할 줄 모릅니다. 사실 세상의 대부분의 부를 소유한 사람들도 알고 있는지 모르겠습니다.

혼자 생각해 보았습니다.

그들이 돈의 본질을 아는지… 많은 책을 읽었습니다. 많은 책은 말합니다. 그들은 부자들은 부의 본질을 안다고 말합니다. 제가 생각하기에도 그들은 돈의 본질, 부의 본질을 알고 있어 보입니다. 자기가 사는 동안에 얻을 수 있는 부 말입니다. 자신이 존재하지 않은 세상의 부는 그들도 알지 못합니다.

저는 책을 읽습니다. 그리고 보았습니다. 지구에서 부는 한 번도 이동한 적이 없다는 말을 읽었습니다.

그렇습니다. 육체를 가진 사람은 세상의 부를 소유할 수 없습니다. 삶 속에서 얻은 부를 두고 빈손으로 떠납니다. 사람의 수명은 20살에도 끝나고, 태어나서도 바로 끝나고, 50대에 끝나기도 하고, 100세까지 살기도 합니다. 혹시 몇천 년이 지나 사람이 1,000살을 살게 되어도 사람은 사람입니다.

어떤 사람은 부를 물려주려고 합니다. 집안의 부를 집안 안에서만 유지하려고 합니다. 하지만 이런 말도 있습니다. 부자가 3대를 못 간다.

그렇습니다. 한 기업이 1년 생존하기 힘들고, 10년 생존하기 힘들고, 100년 생존하기 힘듭니다. 돈이라는 가상의 존재를 만들고 이것을 매개체로 사람들의 시간을 사고 이용하는 사람조차 자신

83년생 바보 장민수

의 수명이라는 가치 안에서만 돈의 본질을 이용할 수 있습니다.

현재의 자신이 이 세상에서 사라지게 되면 돈에 무슨 의미가 있을까요? 자식에게 전달하는 부가 의미 있을까요? 자식이 스스로 이루지 않은 부가 과연 얼마나 의미 있게 사용될까요?

세상은 불공평합니다. 원래 그렇게 세상이 만들어졌다고 합니다. 어떤 점에서는 공감하고, 어떤 점에서는 공감하지 않는 말입니다. 저는 어릴 때 돈을 아끼고 모았습니다. 돈이 서로 모여 있으려는 속성을 자연스럽게 어머니께 교육받은 것 같습니다. 어머니는 한 달 치 양식을 한 번에 사놓으셨습니다. 그리고 항상 돈이 부족하지 않게 준비하셨습니다.

그리고 말씀하셨습니다.

"돈은 빌리게 되면 이자라는 것을 빌리는 대상에게 주어야 한다. 돈을 은행에 맡기면 은행은 이자라는 것을 저희들에게 준다."

이것을 모르는 사람은 없습니다. 하지만 습관이라는 것은 무섭습니다. 빌리는 습관을 가진 사람은 빌립니다. 모으는 사람은 모읍니다. 빌리는 사람은 항상 빌리고 거기에 더해 이자를 지급하며 자신의 삶을 피로하게 합니다.

세상은 유혹합니다. 필요하지 않은 것에 의미를 부여하고 계속 소비하라고 합니다. 모으는 사람은 종잣돈의 개념을 가지고 돈을 가지고 장사하여 돈을 스스로 불어나게 합니다.

그렇게 소시민과 부자가 탄생합니다.

부자는 그리고 지식인 그들 집단은 세상 사람들이 빌리는 데 익숙한 환경을 만들고 소비하는 데 익숙한 환경을 만들어 그 사람들의 시간을 자신의 시간으로 만들어 사람들을 부리는 데 이용합니다.

사실입니다. 하지만 부자라는 집단. 지식인이라고 하는 집단 또한 망각의 은총으로 자신들이 만든 이 환경이 영원하지 않다는 것을 잊었을 뿐 사람으로 태어났다는 본질에서는 벗어날 수 없는 하나의 인간일 뿐입니다.

지구의 부는 한 번도 이동한 적 없습니다. 이 사람에게서 저 사람에게 부라는 책임들이 이동하고 있지만 세계라는 세상 금고 안에 있는 금과 은 다이아몬드는 항상 금고 그 자리에 그대로 있습니다.

우리가 자고 있는 이 순간 인터넷을 통해 수많은 숫자들이 이 나라로 건너가고 저 나라로 건너가며 가치를 생성하고 가치가 불어나고, 소멸하기를 반복합니다.

다시 말합니다.

지구의 부는 한 번도 이동한 적 없습니다. 항상 그 자리에 있습니다. 인터넷 속 책 속 부자라는 사람들이 자신의 지식을 책 속에 담아 이렇게 저렇게 자랑합니다. 책을 읽는 사람들을 위하는 사람도 있고, 독자들을 바보로 여기는 저자도 있습니다.

이것들을 이렇게 알려준다. 저렇게 알려준다. 당신들은 부자가 될 수 있다. 당신들은 부자가 될 수 없다고 말합니다. 너무 쉽게 설명하는 글들을 보며 저는 생각합니다.

중요한 정보, 지식이라는 것들을 너무나도 쉽게 글로 독자에게 알려주는 것을 볼 때는 사람들이 그들의 글을 읽고 할 행동들을 이미 알고 있는 듯 보입니다.

미국에서도, 중국에서도, 이스라엘에서 나온 글을 우리나라에서 읽을 수 있습니다. 반대로 우리나라에서 나온 글도 세상에 읽혀집니다. 책은, 유튜브는 부의 본질에 대해서 이야기합니다. 돈의 속성에 대해 이야기합니다.

하지만 깨닫는 사람만 깨닫고 영원히 알지 못하는 사람은 영원히 알지 못합니다. 알게 되어도 현실과의 괴리가 너무 커서 노력하지 않습니다.

사실 저는 노력하지 않는 1인입니다. 돈의 본질과 속성을 다 알았습니다. 하지만 이용하려 노력하지 않습니다. 돈의 본질보다 더 중요한 사실인 시간의 가치와 속성을 깨달았기 때문입니다.

저는 집이 있고, 차가 있습니다. 한 달을 소비할 먹거리가 집 안에 있고, 필요한 것을 그때그때 살 수 있는 돈이 있습니다. 그리고 하루를 보낼 일자리가 있습니다. 그 외에 더 필요한 것이 무엇이 있을까? 생각합니다.

부자도 소시민도 사실 다름이 없습니다.

인간으로서 부자도, 소시민도, 정해진 삶을 살고 죽습니다. 부를 많이 소유한 사람은 그만큼의 책임을 져야 하고, 적게 가진 사람은 적은 책임을 집니다. 하느님은 세상의 죄와 책임을 자신의 목숨으로 대신하는 속죄를 하셨습니다. 하느님은 세상을 대신하셨습니다.

일반 소시민은 일부러 세상의 책임을 다 지려는 노력을 할 필요가 없습니다. 원하면 이루어집니다. 대신 원하는 만큼 얻으려 자신의 삶이라는 것을 담보로 내놓아야 합니다.

저는 사람들을 보고 있는 것을 취미로 가지고 있습니다. 일을 잘하는 사람을 보고 있으면 재미있습니다. 사람들을 보고 있는 것이 저의 취미입니다. 거리에서 회사에서 담배 연기를 하늘로 뿜어대는 사람을 멀리서 봅니다. 가까이하기는 싫기 때문이죠. 저는 어린아이들을 보는 것을 좋아합니다.

생기로 넘치는 피부와 보호 본능을 일으키는 연약함, 미래라는 삶을 살아갈 모습들을 더듬어 봅니다. 크게 자라날 것이고, 삶을 살 것이고, 늙고, 자연으로 돌아갈 것입니다.

사람은 이 이치에서 벗어날 수 없습니다. 국가 또한 흥망성쇠를 이룹니다. 개인의 삶은 그보다 짧습니다.

우리가 이렇게 풍요를 누리고 있는 지금 지구의 반대편에서는 서로가 서로를 죽이는 전쟁을 일으켜 서로를 미워하고 살의를 내뿜습니다.

또 지구의 한쪽에서는 타는듯한 대지의 열기에 말라버린 물로 인해 땅을 파서 흙이 묻어 나오는 물을 마시고, 자신의 배고픔은 뒤로한 채 동생을 먹이고, 자신의 안위는 뒤로한 채 위험이 넘치는 곳에서 일을 하고 그 대가로 받은 돈으로 하루하루를 살아갑니다.

돈은 가치를 교환하는 순간에만 발생합니다. 한 달 치의 양식을 집 안에 두면 한 달 동안 배가 고플 일은 없습니다. 집이 있으면 햇빛과 비를 피할 수 있고, 차가 있으면 내가 원하는 곳까지 법을 지키며 내 마음대로 갈 수 있습니다.

83년생 바보 장민수

우리는 이미 너무 많은 것을 가졌습니다. 비교는 비교를 위한 비교를 만들고, 좋은 것을 가지면 더 좋은 것을 원하게 됩니다.

대한민국에서 태어났다는 것은 세상의 10% 안에 드는 곳에 태어났다는 의미고, 12년 의무교육은 앞으로 살아가면서 필요한 대부분의 지식을 얻었다는 것을 뜻합니다.

거기에 더해 서점에 가서 2~3만 원의 돈만 지불하면 세상의 부자들이 자신은 부를 어떻게 얻었다고 자신의 시간을 써서 그들의 일생을 담아놓은 책을 쉽게 구해서 읽고 자신의 것으로 만들 수 있습니다.

세상 유일 변하지 않는 진리는 사람은 태어나면 죽는다는 것입니다.

세상 유일하게 잃어버릴 수 없는 가치는 자신의 몸과 머리에 담아놓은 지식입니다.

세상은 점점 더 알고리즘화되어 갑니다. 알고리즘은 자신이 좋아하는 것을 대신해서 찾아 자신 앞에 내어놓습니다. 그렇게 사람은 생각할 필요를 잃어버려 자신의 생각을 잃어버리게 됩니다. 자신의 생각이라는 늪 속에 빠져들어 가게 됩니다.

사람은 생각을 하기에 존재합니다.

생각을 할 때만 살아 있습니다. 무의미하게 움직이는 행동은 내가 일을 하고 있다고 생각할 뿐 사실 세상의 일부로 한 축의 기어가 되어 연결되어 움직이는 행위는 자신의 의지가 담겨 있지 않은 행동들은 내 생명의 시간을 소비만 하고 있는 것입니다.

사람은 돈을 모으고 사용합니다.

하지만 진정으로 알아야 할 것은 우리가 항상 숨을 쉬듯 시간을 사용하고 있다는 것입니다. 공기는 눈에 보이지 않습니다. 하지만 우리가 잠시라도 숨을 쉬지 못하는 환경에 있다면 바로 느낄 것입니다. 공기의 소중함이 생명과 직결된다는 것을 알게 될 것입니다. 그리고 세상 어느 부자, 지식인도 남의 이야기를 실컷 떠들 수 있어도 자신의 생명이 언제 멈추는지 알려달라고 한다면 보통의 사람들과 똑같은 말밖에 할 수 없다는 것입니다.
모른다는 말밖에 할 수 없습니다.

세상 사람들의 글을 우리는 읽을 수 있고 닮으려고 할 수 있습니다. 하지만 모방은 모방일 뿐 창조가 아닙니다. 사실 창조라는 것이 있을 수 없다는 것을 안다면 쓸모없이 새로운 것을 창조하기 위해 노력하지 않습니다. 최소한의 삶의 가치만 얻고 이용할 수 있으면 현재 만들어져 있는 세상 전체를 이용할 수 있습니다. 누릴 수 있습니다.
이미 하느님은 충분히 저희들이 가지고 놀 것들을 주셨습니다.

다만 인간의 욕심은 끝이 없어 보입니다. 필요 이상의 많은 것을 소유하였지만, 끝없이 다른 것들을 만들어 내고, 팔고, 소비합니다.

우리가 늘 사용하면서 존재를 잊어버리는 것은 공기와 시간입니다. 돈이 아닙니다. 은행 계좌에 적혀 있는 돈을 우리는 지갑 안에 있는 돈의 액수는 정확히 알 수 있어도 생명의 지갑 안에 있는 생명인 시간은 사람으로서는 알 수 없습니다.

돈의 노예가 되지 않았으면 좋겠습니다.

필요가 필요를 만들고, 욕구가 욕구를 만듭니다.

"나는 레어템이 좋다."

요즘 인터넷의 발달로 우리는 근래 100년간의 변화에는 없었던 삶을 즐기고 있다. 세상 모든 것은 구글을 통해 검색 키를 누르면 2~3초 만에 찾아낼 수 있고 더 빠를 수도 있다. 본인의 타자 실력과 본인의 지적 깊이, 즉 사물의 본질을 꿰뚫어 보는 키워드를 찾아내는 능력이 있으면 찾을 수 있다. 보편적인 정답을.

내가 원하는 것은 남들이 다 알고 있는 정답인가?
나만 알아볼 수 있고 내게 도움이 되는 정답인가?
전자와 후자 모두 다 살다 보면 필요하다. 다만 어떤 순간 전자의 정답이 필요할 때가 있고 후자의 정답이 절실할 때가 있을 뿐이다. 인생은 즐기는 자에게는 게임과 같고, 생각하지 않는 자에게는 괴로움으로 다가온다. 모든 것의 결정권을 스스로에게 두면 내가 선택할 수 있고, 남에게 의탁하면 부림을 받는 사람이 된다.

나는 레어템이다. (한국에는)많은 장민수가 있다.

가수 장민수, 연극인 장민수, 아나운서 장민수, 기타 등등의 장민수가 있다. 구글에 자기 이름을 검색해 봐라. 얼마나 많은 장민수가 있는지…

하지만 인동장씨 35대손이고 옥돌 민과 목숨 수를 사용하는, 그리고 42년산이며 자신에 대해 진지하게 마주하고 세상을 즐기며 사는 장민수는 나… 바로 장민수 하나이다.

본인들의 인생의 주인은 본인들이라 모두 많은 경험들을 했을 것이다.

나는 레어템이 좋다. 아무나 가질 수 없기 때문에 나도 가지고 싶다. 하지만 여기서의 본질은 내가 레어템이 되어야 한다는 것이지 세상에 흔해 빠진 하나밖에 없는 보석, 지식, 경험, 모든 귀해 보이는 것이 레어템이 아니라는 것이다.

게임 속의 레어템은 그것을 설정한 사람들 즉 프로그래머나 기획자가 설정한 도구가 아이템이 레어템이다. 여기서 무슨 의미를 찾을 수 있는가? 세상 밖에서 아무 가치가 없는데… 이렇게 말하면 사이버 세상이 찾아오면 가치가 있다고 말할 수 있을 것이다.

하지만 나의 기억 속 이미 사이버 세상의 아담이라는 캐릭터가 2000년대 생겨났고, 현재 아무런 관심을 받지 못한다는 것을 나와 같은 세대의 사람은 이미 경험하여 알고 있을 것이다. 현재

2024년을 사는 사람들의 기억 속에 아담은 없다. 사람은 경험하고 잊기를 반복한다.

레어템은 본인이 관심을 두고 있는 것이다. 스스로에게서 찾아야 한다. 세상에서 유일한 레어템은 다름 아닌 자신이다. 자신이 없으면 아무것도 존재하지 않는다.

나는 레어템이 좋다. 나는 내가 레어템이다.

우리나라의 지식은 함축해서 가르쳐 놓아 삶을 살아가는 데에 부족함이 없다. 우리나라 사람의 능력치는 외국에서 긴 시간 생활해 본 사람이면 알 것이다. 기회가 있다면 우리나라를 벗어나 워킹홀리데이를 이용해 외국에서 1년씩 살아보았으면 좋겠다. 그러면 우리나라 사람의 지적능력과 위대함을 알게 될 것이다.

"우리나라 사람은 너무 많이 알아서 문제이고

너무 많은 자격증과 쓰이지 않을 높은 학력을 쌓아두어 문제이다.

좁은 땅 안에 너무 많은 인재들이 의미 없이 경쟁을 해서 문제이다.

우리들은 모두 개개인의 상식의 삶을 살아가는 레어템이다."

스스로에 대해 진지한 고민을 하지 않아 본인을 찾지 못해서 나를 아무런 가치가 없다고 여기는 순간 나는 없는 평범한 존재로 전락한다. 나는 그리고 여러분은 유한한 삶을 사는 하나밖에 없는 레어템이다.

명품에 대한 관점

관점은 하나가 아니다. 내가 보는 관점, 남이 나를 보는 관점, 내가 전체를 보는 관점, 전체가 나를 보는 관점으로 보는 사람마다 관점은 다르다.

명품을 정의하면 무엇이 보이는가?

비싸고, 희귀하다. 유명인이 광고를 하고 있고, 나는 갖기 힘들고, 범접할 수 없는 권위가 보인다. 단지 좋아 보인다. 그것은 명품이 보여주는 관점은 이미지로 자신을 포장한다는 것이다.

하지만 포장이란 무엇인가?

상품(선물)을 드러내지 않기 위해 감싸고 가리는 것에 불과하다.

명품백의 본질은 그냥 가방이고, 고급화장품은 좋은 성분이 몇% 포함된 액체이고, 좋은 차는 멋지고 예쁜 운송수단, 좋은 펜트하우스는 높은 곳에 자리한 편하고 전망 좋은 잠자리이다.

명품은 사람이 살아가는 데 필요한 의식주 부속된 물건인데, 권위라는 옷을 입은 물질이라는 데 본질이 있다. 우리는 경험을 통해 알고 있다. 항상 주와 객이 전도되는 관점의 오류에서 문제가 발생하는 것을 알고 있다.

명품의 본질은, 포장과 이미지이다. 본질을 포장으로 가려 가치가 상승한 상품이다. 나만 알고 있고 품질 좋은 브랜드가 있으면 그것이 레어템이고 명품 브랜드다.

명품에는 장인들이라는 사람들의 분업이 있고 작은 것 하나에도 의미를 두고 완벽을 추구하고 창조를 추구한다는 데 의미가 있지 가격에는 의미가 없다.

어차피 가격이란 생산자가 소비자를 타깃으로 정해 타깃이 지불할 수 있는 능력치를 추정해 이렇게 하면 팔릴 것이다. 이것에는 이만큼의 가치가 있다. 기업 스스로 정한 기업의 관점에 의해서 정해진 것에 불과하다.

명품도 아웃렛에 가면 할인을 하고, 브랜드는 1년 2년 5년이 지나면 90% 이상의 할인을 한다. 여기서 본질은 스스로의 가치는 스스로가 정한다는 것이고, 물질의 본질 가치는 변함없는데 사람들의 마음이 시간의 변화에 따라 변한다는 것이다.

좋은 물건도 많으면 가치가 떨어지고, 시간이 지나면 가치(금액)가 떨어지고, 좋은 물건을 알아보는 현명한 눈과 자본이 있으면 남들은 100만 원에 살 옷을 5만 원에 사고 2억에 살집을 2억 5,000에 사서 5년 10년 후 10억, 20억에 판매를 하는 것이다.

미래

요즘 대한민국에는 많은 공시족이 있고, 교육과정에 취업이 보장된 직종으로 고3인 수험생이 몰린다.

이유는? 그들은 부모 세대의 명예퇴직, 해고 등 불안을 경험했고 현재까지의 대한민국에서 공무원의 대량 해고는 이루어진 적이 없다는 사실이다. 하지만 현재가 그렇다고 해서 미래까지 그렇게 되리라는 보장은 없다.

바로 옆 나라 일본에서는, 그리고 유럽에서는 공무원의 해고, 그것도 대량 해고가 된 역사가 있다.

역사는 되풀이되고 있다. 세상에 관심을 두고 있어도 관심을 두고 있지 않아도 때가 되면 상황이 무르익으면 준비되지 않은

83년생 바보 장민수

당신에게는 당황스런 현실이 다가올 것이다. 준비된 당신에게는 기회가 꿀과 기름으로 다가온다.

위기와 기회는 항시 거울의 양면처럼 다르지 않게 붙어서 움직인다.

어떤 사람에게 위기는 기회이고(준비된 사람), 어떤 사람에게는 기회는 위기이다(준비되지 않은 사람).

삶을 마주한 진지한 자세와 경험에 따라 사람은 다른 삶을 살게 된다.

통계적으로 처음 취업한 사람의 대부분은 입사와 동시에 퇴사를 고민하게 된다. 생각과 현실은 괴리가 있다. 본질적으로 내가 좋아하거나 잘하거나, 아니면 꼭 해야만 하는 이유가 없이 취업이나 학업을 선택했기 때문이다.

회사에서 사장은 사람이 필요하다(도움이 되고, 나를 따라와 줄 사람, 나와 같은 비전을 공유할 사람).

직원 일이 필요하다(돈, 명예, 경험, 내가 일이 필요하다).

두 사람의 접점이 얼마나 서로에게 끌리느냐에 따라서 서로에게 좋을 수 있고 또 서로에게 최악의 선택이 될 수 있다.

구직자는 미래를 상상해서 취업하고, 조급하게 취업할 회사를 정한다.

사장은 현재의 능력 있는 사람을 선택할 것인가 고민하고, 미래의 가능성에 중점을 두고 채용할 것인가 고민한다(자격증, 시험 등 평가 내용, 매력, 인간성).

구직자도 회사도 서로를 저울질하고 고른다.

자신이 어떤 사람인지를 아는 것을 게을리하면 뒤늦게 본질적인 고민을 하게 되고 결국에는 삶을 쉽게 포기하거나 아니면 자신의 선택을 자주 번복하고, 다시 하고, 다시 하는 번복하는 삶을 반복하게 된다.

우리는 왜? 이곳에 있는가? 있게 되었는가? 어떤 매력에 끌려 자신과는 전혀 관계없는 삶을 살던 사람들이 한곳에 적게는 30명 많게는 60명이 모여서 한자리에서 일하고 월급을 받아 가는가?

사실 사회 초년생인 아르바이트생은 많은 고민을 하고 취업을 하지는 않았을 것이다. 단지 용돈이 필요해서, 시간이 아까워서, 친구들이 일하니까. 작고 사소한 이유에서 일하게 되었을 것이다. 이유는 고민해야 할 때 찾아야 하는 것이고, 선택은 선택해야 할 때 하는 것이다.

두려움은 현실로 마주했을 때 분명해지고, 잡념은 의미 없이 변함없이 맴도는 고민을 계속하게 만든다. 두려움과 잡념은 진실로 마주하면 사라진다.

우리들이 해야 하는 고민은 어떻게 하면 현재 하고 있는 일을 빠르고, 정확하게 시도하고 결정하냐는 것이다. 심도 있는 생각을 해야 하고 빨라야만 한다. 그래야만 남들보다 뛰어날 수 있다. 대한민국은 자유 경쟁의 사회이다. 시간은 소리 없이 사라지고 있다.

어떻게 하면 자유의지를 가진 자유인으로 살 것인가, 지시받는 기간을 최대한 단축할 것인가?

현재의 세상은 기회가 빛의 속도로 사라지고 있다. 사회가 점점 단순화되고 있고 인간의 능력을 필요로 하지 않는 사회로 진화하고 있다. 미래에는 문제점을 찾아낼 수 있는 사람이 귀한 대접을 받게 될 것이다. 사회의 문제, 제품의 문제, 필요성에 대한 문제를 찾아내는 사람이 살아남을 것이다. 혁신을 하고자 하면 본질에 대한 고찰이 필요하다.

문제를 찾아내면 슈퍼컴퓨터가 해결 방법을 내어놓을 것이고, 해결 방안 중 적당한 방안을 선택하는 선택을 할 수 있는 위치의 사람은 살아남을 것이고 생산자(작업자)는 조만간 사라지게 될 것이다.

대부분의 작업자는 기계와 인공지능에게 대체되어 살아남지 못한다. 공장화 시스템은 모든 효율의 결정체이다. 효율은 필요하지 않은 것을 걷어내는 작업이다. 우리는 물건에 대해 일일이 감사함을 표현하지도 않고 쉽게 사용하고 쉽게 버린다. 우리들 또한 국가라는 큰 개념의 공장에서 찍어내는 작은 개체인 상품이다.

우리들은 가성비와 효율을 따진다. 그렇게 보면 우리 사람 또한 가성비로 효율로 쓰여지고 버려지지 않을 이유가 없다.

스스로가 왜? 필요한지 사람의 존재의 이유에 대해 고민해 보자. 현재의 자리에서 사회에서 내가 왜? 필요할까 미리 고민하고 준비하지 않으면 당장은 편할 것이다. 하지만 앞으로의 사회에서 나는 선택이라는 권리를 상실하고, 타인의 의지에 지배당하는 존재로 전락할 수밖에 없을 것이다.

낚시의 본질은
기다림입니다

인생에 기회가 세 번 온다고 합니다.

저는 세 번 이상 온다고 생각하는데 그 기회라는 것은 준비가 된 사람에게는 기회이고 준비가 되지 않은 사람에게는 기회가 아니라고 생각합니다.

우리는 인생이라는 낚시를 하고 있습니다.

멸치 한 마리를 잡을지 고래 한 마리를 잡을지는 자신이 지고 있는 십자가를 얼마만큼 지느냐에 따라서 달라집니다. 큰 십자가를 지고 싶으면 큰 노력을 하면 될 것이고, 십자가를 지고 싶지 않으면 십자가를 지지 않으면 됩니다.

83년생 바보 장민수

사실 인생의 무게 삶의 무게는 저울로써 개량할 수 없는 것입니다. 누구의 인생이 가벼웠고, 누구의 인생이 무거웠다. 구분할 수 없습니다. 그 인생의 무겁고 가벼움은 그 자신이 가장 잘 알 것이고, 등 뒤에서 하느님이 가장 잘 보고 계실 겁니다.

낚시의 본질은 기다림입니다.

작은 고기를 잡기 위해서는 작은 낚싯대만 있으면 됩니다. 큰 고기를 잡기 위해서는 뜰채가 필요할 것이고 더 큰 고기를 많이 잡고 싶으면 그물이 필요합니다.

그렇습니다. 인생에서 가장 소중한 시간을 우리는 낚시할 때 사용합니다. 시간이 문제입니다. 우리에게는 돈이 없어서 무엇을 하기 힘든 게 아니라 시간이 없어서 무언가를 하기 힘든 것입니다. 무한한 시간을 소유할 수 있다면 기다리기만 하면 됩니다. 하지만 개인에게 있어 시간은 유한합니다.

작은 멸치를 잡기 위해서도 노력이 필요한데… 우리 욕심 많은 인간이 그 욕심들을 다 해내기 위해서는 얼마나 많은 기다림이 필요할까요?

안정적인 직장을 바랍니다. 공무원을 바라고, 간호사와 경찰, 소방관을 군인을 하려 합니다. 튼튼해 보이는 남에게 회사에게 의지를 하려고 합니다.

하지만 본질을 생각해 보면 한 회사가 10년을 생존하기 힘들고 30년을 생존하기 힘들고 100년을 생존하기 힘듭니다. 지금 당장 그 회사들이 살아 있는 것이지… 내일 괜찮을지 모래 괜찮을지는 알 수 없는 것입니다.

본인이 원하는 만큼의 크기의 낚싯대를 준비하고, 준비했으면 기다렸다가 물고기가 물면 강하게 당겨 올리십시오. 항상 깨어 있어야 합니다. 잠을 자면서 사람은 눈을 감을 뿐 뇌는 자고 있지 않습니다. 휴식을 취하면서 생각을 정리합니다.

인간으로서 최고의 노력을 하고 준비를 하고 있어야지 잠을 수 있습니다.

4차산업의 본질은 준비되어 있는가입니다.

바로 보고 바로 아는가입니다.

논리회로가 구성된 후에는 결정하는 속도는 빨라집니다. 문제는 논리회로를 구성하기 위해서는 지식을 머릿속에 채워야 한다는 것입니다. 책을 읽는 데는 시간이 소요됩니다. 지식이 채워진 후에는 문제를 볼 때 이미 답이 보이기 때문에 고민할 필요가 없습니다.

다만 바로 보고 바로 알아야 할 것이 있고 1일, 한 달, 1년을 고민해야 이해해야 할 일이 있습니다. 스스로 생각하고 꾸준히 준비해야 합니다.

우리의 현실은 최저임금은 매년 상승하고 소득이 낮은 일자리는 점점 기계에 대체되어 간다는 것입니다. 최종적으로 결정하는 선택하는 일만 남을 수 있다는 것을 예상할 수 있습니다. 반복적인 동작을 하는 일은 기계와 AI에 자동화에 대체될 수밖에 없습니다.

저희는 인생이라는 낚시를 하고 있습니다. 낚싯대를 드리우고 하루하루를 기다리고 있습니다. 미래를 대비하는 특별한 방법은 없습니다.

　현재에 충실하는 것 그것 이상의 방법은 없는 것 같습니다.

　정신을 깨워 준비하는 것입니다.

커피

커피와의 첫 번째 만남

어릴 적 어른들이 하는 것은 꼭 따라 하고 싶어 했던 것 같습니다. 술을 마시는 사람들이 하는 캬~ 하는 행동을 사이다를 마시며 따라 하고, 담배를 피우는 사람들을 따라 새우깡을 손가락에 끼운 채 몇 모금 빨고 후~ 하는 흉내를 내는 행동을 했습니다.

어느 날은 어른들이 커피를 마시면서 도란도란 이야기꽃을 피웠고 아름다운 찻잔에 담긴 거무스레한 액체를 마시는 사람들이 있어 그 시간 안에 저는 있었고, 집안에 퍼지는 달콤하고 고소한 향기는 어린 저를 유혹하기에 충분했던 것 같습니다.

저는 내게도 조금만 달라고 했던 것 같은 기억이 있습니다. 저는 호기심이 많았고 어린아이들은 호기심이 많습니다. 호기심을 잃어버린다는 것 안다는 것은 나이가 들었다는 것을 증명하는 것 같습니다.

저의 코끝을 훔친 커피라는 것을 처음 맛보고 느낀 감상평입니다.

저의 첫 커피는 씁쓸하기만 했고, 심장의 두근거림을 주었습니다. 이런 맛 없는 것을 마시며 이야기하는 어른들을 이해할 수 없었던 기억입니다. 어린 시절 아이들은 호기심 넘쳐 어른들을 따라 하고, 어른들은 그 모습이 귀여워 장난을 칩니다. 커피를 맛보게 하고, 소주를 맛보게 합니다. 그러면 아이들은 이 이상한 맛들에 놀라고, 어른들을 이해하지 못합니다. 이 맛들을 이해하고 이용한다는 것은 어른이 되었다는 것이 아닐까 싶습니다.

저의 부모는 내 또래 아이들의 부모에 비해 나이가 많았고, 저는 19살 이른 나이에 취업하게 됩니다. 고등학교 3학년 2학기에 취업을 했고, 당시는 회사는 잔업이 많았습니다.

제가 취업한 공장은 주야 2교대를 하는 공장이었고, 아마추어 라인, 조립 라인 두 곳으로 나뉘어 있었습니다. 아마추어 라인에 일하면 2교대를 해야 했고, 조립 라인에 있으면 주간만 하면 되었습니다.

저는 취업할 당시 밤낮이 바뀌는 생활을 해보지 않았고, 직관적으로 위험해 보이는 아마추어 라인에서는 일하기가 싫었습니다.

조립 라인은 바빴고, 아마추어 라인은 기계들을 사용해서 기계가 일하는 시간 외에는 쉴 수 있었습니다. 조립은 사람이 하나하나 해야 했고, 사람이 기계가 되어야 하는 일이었습니다.

지금은 주5일이 당연하고 하루 8시간 근무가 당연한 세상이 되었지만 당시는 주6일 근무제였고 아침 8시 출근 저녁 8시 퇴근이 대부분 이었습니다. 그리고 심하면 10시 30분 퇴근 철야근무가 당연했고 심하면 점심 식사 후 쉬는 30분의 시간까지 점심 특근이라는 말로 이루어지는 사람이 기계 같이 일해야 하는 세상이었습니다.

당시 대한민국은 IMF 체제를 갓 벗어난 시기였고, 일을 할 수 있다는 것에 감사하는 시간이었습니다. 수많은 가장이 경제 위기로 인해 회사에서 해고되었고, 남자, 여자를 가리지 않고 일을 할 수 있는 기회를 얻으면 그 사람이 가장이 되어야 했습니다.

회사에서 일을 하라! 특근을 하라고 하면 어린 저는 당연히 해야 하는 줄 알았습니다. 저는 당시에도 책을 많이 읽었고, 고난 뒤에 행복이 찾아온다는 말을 믿었던 것 같습니다.

저는 지금이 어쩌면 사람들이 많이 모여서 일하는 마지막 시간일지도 모른다는 생각을 합니다.

저는 20년 전에도 공장에 있었고, 현재도 공장에 있습니다.

한 가지 일만 했냐고 묻는다면 그것은 아닙니다. 저는 공장을 경험했고, 여행사를 경험했고, 전기회사를, 그리고 초밥집에서 일을 경험해 봤고, 이제는 다시 공장의 연구실에서 일하고 있습니다.

말투를 정하여 한다는 것은 어려운 것 같습니다. 내 글을 누군가 읽는다고 생각하면 '저는'이라고 써야 하는 것이 맞는데… 어쩌다 보면 이렇게 나는 '나는'이라는 단어를 사용하게 되기 때문입니다.

커피와의 두 번째 만남

공장의 일은 고되었습니다. 하루에 10시간~12시간 일하고 한 주에 하루도 쉬지 않고 하는 일은 19살의 건강한 몸에도 무리가 되어왔습니다. 몸은 금세 피곤해졌고, 근육통이 찾아왔습니다.

사람들은 모두 피곤해했습니다. 한 라인에 15명~20명가량이 일했는데 나와 같은 10대는 2명 정도였고 나머지는 40대 이상의 아주머니들로 채워져 있었습니다.

아주머니들은 강하고 또 자상했습니다. 자신의 자식 같은 내가 공장에서 책임을 맡아서 일한다는 것을 안타깝게도, 기특하게도 생각하여 쉬는 시간마다 먹을 것을 챙겨주었고, 저는 이 사람들을 보고 배워 월급날이면 박카스, 알프스D를 사서 서로의 피곤한 몸을 달랬던 기억이 있습니다.

그리고 저의 지친 몸을 순간순간 깨워주는 것이 있었는데, 커피였습니다. 공장 자판기에서 나오는 믹스커피의 달달함에 빠져 쉬는 시간마다 마시고 정신을 차리기를 반복했습니다.

커피와의 세 번째 만남

우리나라는 경제가 발전했고 IMF는 옛말이 되어 새로운 나날들이 지나 원두커피라는 것을 마시는 날이 찾아왔습니다.

처음 마시는 원두커피의 인상은 좋지 않았던 것 같습니다.

정말 쓰기만 했습니다. 이 쓴 물을 왜 마시지 하는 어린 시절이 기억이 회상되었고 29살 처음 마실 수 있었던 이 쓴 원두커피는 아메리카노라고 불렸습니다.

저는 29살 인생에서 처음으로 아르바이트라는 것을 하게 되었고 제가 일하는 초밥집 옆에 있는 커피숍은 휴식시간에 계속 찾아가게 되는 휴식처였습니다.

초밥집에서 일하는 아이들 대부분은 대학생으로 발전한 대한민국을 그대로 경험하는 향유하는 세대였습니다. 3,900원 하는 커피를 쉽게 사 마시는 그들. 그들의 당시 시급이 5,000여 원 이었던 것으로 기억하는데 처음에 나는 이렇게 비싼 음료를 어떻게 사 먹냐 생각했었고 곧 이들이 이 커피를 마시는 까닭을 금방 알게 되었습니다.

커피의 각성효과 때문이었습니다.

20대에 제가 마시던 믹스커피는 비교도 안 되게 강한 각성효과 정신을 깨웠고, 몸이 빠르게 움직일 수 있게 했고, 기억력 또한, 집중력 또한 강하게 만들어 주는 느낌을 받았습니다.

일을 하고 지칠 때면 아메리카노를 마셨습니다. 그렇게 몸을 회복하고는 몸이 부서질 듯이 일했습니다. 그때는 그랬습니다. 젊기만 해서 내 몸의 한계가 어디까지인지 궁금해 한계의 한계를 시험했습니다. 그리고 또 몸이 또 피곤해지면 또 마시고 나중에는 일을 하면서 마셨습니다.

그러다 에스프레소라는 것을 알게 되었습니다.

83년생 바보 장민수

커피 원액 그대로를 마시는 것.

아주 강렬한 맛이었습니다. 보통의 아이들은 시도하지 않는 에스프레소. 그것을 마시는 나는 약간 특별하다는 생각을 하는 허세가 에스프레소를 마시게 되는 시작이었고 나중에는 에스프레소를 마시는 이유를 스스로 깨닫게 되었습니다.

강렬한 각성 효과에 더해 쓴 커피를 마시고 난 후 맹물을 마실 때 입안에 도는 물의 달콤한 맛을 알게 되었기 때문에 이것을 느끼기 위해 하루에 7잔~8잔의 에스프레소를 마신 것 같습니다.

하루에 7잔~8잔의 커피를 마시면 몸이 붕 뜨는 느낌을 받게 됩니다. 그리고 커피를 마시면 잠을 못 잔다고 하는데 정말로 많이 마시게 되면 커피는 술처럼 사람의 몸을 취하게 만들에 깊은 수면에 빠지게 한다는 것도 알게 되었습니다.

커피와의 네 번째 만남

저는 이제 42세의 나이가 되었습니다.

저의 첫 커피였던 어른들이 전해주었던 쓴맛의 커피, 저의 두 번째 커피인 공장에서 마셨던 달달한 믹스커피, 그리고 세 번째 초밥집 옆 커피 전문점의 원두커피를 맛보았습니다.

이제는 유튜브가 대세인 세상입니다. 변하지 않는 이 세상이 10여 년째 지속되고 있습니다. 제가 어릴 때 세상을 깨우쳐 주는 매체는 종이신문과 종이책, 그리고 TV와 라디오였습니다.

컴퓨터와 인터넷인 천리안과 야후가 주도하는 세상일 때 종이책은 사라질 것만 같아 보였습니다. 검색 만능시대였던 것으로 기억합니다. 컴퓨터와 인터넷만 있으면 대학 시절 리포트를 자신이 쓰지 않아도 남에게 의뢰해서 작성할 수 있었습니다.

그리고 세상은 또다시 변화하여 유튜브, 인스타그램, 넷플릭스가 주도하는 공유 경제의 세상이 찾아왔습니다. 예전에는 지인에 지인을 통하여 얻을 수 있던 지식들을 공유라는 이름으로 쉽게 찾을 수 있게 되었습니다.

20년 전만 해도 택배로 물건을 주문하면 배송기간은 일주일이 보통 걸렸고, 심하게 안 오면 3주간의 시간 한 달이라는 시간도 걸렸습니다. 사람들은 주체하는 쪽과 이용하는 쪽으로 나뉘어 있었고 대부분의 사람은 이용자의 역할에만 머물렀습니다.

이제는 또 다른 세상이 찾아왔습니다. 개인이 판매자가 되는 세상. 개인과 개인이 보유만 하고 집에 물건을 쌓아두기만 하던 것을 '당근마켓'이라는 중고 마켓 속에서 판매자와 소비자로 연결되었습니다.

42세 인생 어제 처음으로 당근마켓을 이용하게 되었고, 제가 좋아하는 커피를 어떻게 하면 잘 마실 수 있을까? 늘 고민만 했었는데 유튜브 속 닥신이라는 인물이 합리적인 언어들을 사용하여 저를 당근의 세계로 이끌었습니다.

필립스 1200이라는 모델이면 원두커피를 200원 300원에 마실 수 있다는 계산이 저를 몰랐던 세상으로 이끌었습니다.

처음 시도는 두려웠지만 한번 커피머신을 구매한 후에는 자신감을 얻어 원두를 또 다른 판매자가 있는 곳에 가서 직접 사 오게 되었습니다. 오늘은 점심시간을 통해 에스프레소 잔을 또 다른 판매자를 통해 구매하였습니다.

당근마켓을 통해 저는 또 한 번 깨달음을 얻었다 생각합니다. 생각으로 이루어지는 세상, 원하면 이루어지는 세상을 살고 있다는 생각을 하게 되었습니다.

조금의 용기와 자신감, 그리고 약간의 돈으로 스스로 특별한 노력을 하지 않아도 세상에 존재하는 많은 것들을 얻을 수 있는 세상입니다.

이 세상에 태어났다는 데 또다시 고마운 마음이 드는 것 같습니다.

중고로 산 커피머신의 커피는 커피 전문점 커피 맛만큼 맛있었습니다. 네 번째 커피는 제가 스스로 선택한 원두를 저의 집 안에서 마시는 커피입니다.

어제오늘 만날 수 있었던 3명의 판매자에게 감사하고, 또 좋은 정보로 저를 유혹해 제가 지름을 결정하게 도와준 닥신TV에게도 감사의 인사를 전합니다.

커피는 집중력과 활력을 주는 감사한 음료라고 생각합니다.

일 잘하는 법

사람은 태어나면서 어떤 역할이든 해야 합니다.

남자로 태어나면 남자의 역할을 해야 하고, 여자로 태어나면 여자의 역할을 해야 합니다. 의사는 의사라는 옷을 입고, 사업가는, 경찰은, 공무원은, 정치인은, 그들은… 우리들은, 직업이라는 옷을 입고 자신의 역할에 충실합니다. 사람은 나이를 먹어가면서 계속 어떤 역할을 맡아야 합니다.

점심을 먹고 유리창에서 보이는 사람들의 행동을 봅니다. 옹기종기 모여 사람들은 각자의 이야기를 나누고, 담배를 피웁니다.

사실 저는 담배를 싫어합니다. 저는 기관지가 좋지 않은데 어린 시절 방안에서 담배를 피우던 아버지와 할머니 그리고 친척들

83년생 바보 장민수

탓입니다. 이렇게 하기 싫은 남 탓을 저도 합니다.

이것은 문제인데, 어릴 때는 그 당시에는 이것이 문제라는 생각도 못 했고, 이제 와 문제라는 것을 알게 되었습니다. 하지만 담배라는 것은 사라지지 않을 것입니다. 제가 커피를 끊을 수 없듯 사람의 기호를 채워주는 기호 식품인 담배는 사라질 수 없을 것 같습니다.

쓸데없는 사설을 이야기했습니다. 본론인 일 잘하는 법을 이야기하겠습니다.

일을 잘하기 위해서는 일에 대해 알아야 합니다. 그리고 좋아해야 합니다. 이것을 모르는 사람은 없을 것입니다. 그러면 이것은 알고 있을까요?

잘 보아야 합니다. 뭘 잘 보느냐 하면 내가 할 것들을 잘 보아야 합니다. 공부도 일도 깨우친 후에는 혼자서 하는 것이라고 생각합니다.

동물은 태어나자마자 걷습니다. 하지만 사람은 태어나면 보살핌을 받아야 합니다. 동물과 사람은 환경이 다른 곳에서 태어납니다. 어떤 점에서 동물은 강하고, 사람은 약합니다. 개인인 사람은 약하고 집단인 사람은 강합니다. 사람은 특출난 개인이 있고 보통의 개인이 있습니다. 앞으로의 세상은 빈부의 격차가 더 심해질 것으로 예상합니다.

역사를 보면 이해할 수 있습니다. 역사는 반복된다는 말이 있기 때문입니다. 저는 분석을 위한 분석을 싫어합니다. 이해를 위한 이해를 싫어합니다.

예전의 교육들은 주입식 교육이 대부분이었고 주입식 교육을 받은 우리들은 평범하게 비슷한 지식을 공통으로 지니고 있습니다. 하지만 무의식적으로 그렇다는 것이지 사회에서 제가 만난 사람들을 예로 들면 앞에서 말한 주입식 교육으로 인한 보편의 지식을 보통의 개인들이 지니고 있다고 한 이야기는 저만의 생각이었던 것 같습니다.

망각입니다. 사람은 살아가며 수없이 사용하지 않을 것을 배웁니다. 사람은 평생 살며 뇌 기능의 10%도 다 쓰지 못한다고 들었습니다. 사회는 변해가고 현재의 지식은 시간이 지나면 쓸모없어지는 것처럼 보입니다.

저는 아이들과 10여 년 같이 일했는데, 그들에게 최근이었을 교육과정의 기억들을 질문해 보면 아이들은 기억해 내지 못했습니다. 시험 때만 벼락치기로 외우고 금방 잊어버린 것 같습니다.

저는 학생 때 역사 시간을 좋아했는데 연대는 정확히 몰라도 사람들이 이야기하면 대략적인 이야기는 생각나는 경험을 합니다. 그래서 요즘의 아이들에게 물어보면 아이들은 전혀 모르는 이야기라는 반응입니다.

일을 잘하는 방법은 잘 보는 것입니다. 잘 기억하는 것입니다. 제가 일을 배우던 시절에는 일은 등 뒤에서 배우는 것이라고 선배들이 말하였고 저는 그 말을 그대로 믿고 따랐습니다.

일을 잘하는 방법은 생각보다 쉽습니다. 현재 자신이 자리해 있는 분야에서 일을 가장 잘하는 사람의 흉내를 내는 것입니다. 사람은 거울 감각이라는 것이 있다고 합니다. 사람이 가장 잘하는 것은 흉내를 내는 것입니다. 우리가 말을 처음 배울 때 어머니 아버지는 아이에게 진지하게 엄마, 엄마, 아빠, 아빠를 가르칩니다. 아이는 부모의 입을 보고 표정을 보고 행동을 보고 부모를 따라 하다. 소리를 내고 또 비슷하게 '어엄마', '아아빠'를 하게 됩니다.

아이는 엄마 소리를 내기까지 수만 번 입을 보고 따라 합니다. 반복이 핵심입니다. 같은 행동을 수없이 같은 행동을 생각하지 않고 해낼 수 있을 때까지 해야 합니다.

우리의 부모는 우리가 한글을 깨우치고 덧셈과 뺄셈을 하게 가정에서 먼저 교육을 하고 그다음에 학교에 보냅니다. 자신의 아이가 사회의 시작인 학교에서 뒤처지는 것을 두려워하기 때문입니다.

아이는 부모의 행동을 보고 배웁니다. 학습능력의 시작은 부모님의 행동에서 시작합니다. 부모부터 집에서 책과 신문을 보고 자식에게 공부하라는 말을 해야 아이는 합당하게 듣습니다.

깡패 부모에게서 깡패 성격의 자식이 키워지고, 교사 부모에게서 의사, 변호사, 공무원이 나오고 사업가 부모 밑에서 사업가 자식이나 사기꾼이 나옵니다. 경찰 부모님, 소방관 부모님, 군인 부모님 아래서 같은 직업을 택하는 자녀들이 태어나 키워집니다. 분명히 반대의 경우도 있지만 뿌린 대로 거둔다, 콩 심은 데 콩 나고 팥 심은 데서 팥이 난다는 말은 틀린 말이 아닙니다.

일을 잘하려면 잘 보고 베껴야 합니다. 그다음이 활용인데 본 게 있어야 활용을 할 수 있습니다. 하지만 지금의 해야 할 것이 많은 세대에게 잘 보라는 말은 어려운 것 같습니다. 너무나도 배워야 할 것이 많고, 세상은 숨을 쉬고 있을 때도 변하니까요?

유튜브는 요즘 생활에서 사용하는 것 화려하고, 멋있는 것들을 강렬하게 압축하여 쇼츠라는 것으로 보여줍니다. 3분의 노래도 길어서 15초로 하이라이트만 보여주고 5시간이면 읽을 책 한 권도 제대로 보고 있을 시간이 없어서 3분으로 압축하여 작가가 전하는 본질만 이야기합니다.

본질은 단순합니다. 본질을 이해하지 못할 사람은 없습니다. 하지만 활용이라고 말한다면 다릅니다. 음으로 이야기하면 오선지에 도레미파솔라시도를 그려놓으면 모를 사람은 없습니다. 하지만 도레미파솔라시도가 음의 전부가 아닙니다. 도와 미가 합해진 소리, 그리고 박자를 얻은 소리, 미파솔이 합해진 소리, 음은 합해지고 나누어지며 다른 소리로 들립니다. 화음이 됩니다. 한번에 한 가지 소리가 나올 수도 있지만 열 가지의 소리가 나올 수도 있습니다.

피아노와 바이올린의 합주, 거기에 비올라와 첼로가 함께하고, 거기에 더해 오케스트라가 함께 연주합니다. 그리고 국악 관현악단의 소리가 함께 합해집니다.

동양의 소리와 서양의 소리가 한데 모여 새로운 소리가 납니다. 노래를 잘하는 사람은 잘 들을 수 있고, 악기를 잘하는 사람은 잘 들을 수 있습니다. 그리고 들어서 안 될 때는 잘 보아야 합니다. 그리고 느껴서 자기의 생각으로 정리할 수 있어야 합니다.

일을 잘한다는 것. 잘 보고, 잘 들어야 하고, 잘 느껴야 합니다. 잘 들어야 한다, 잘 보아야 한다, 잘 느껴야 한다는 말, 참 막연한

　　　　　　　83년생 바보 장민수

말입니다.

그러면 '잘'이라는 말에 담긴 의미를 풀어서 생각해야 합니다. '잘'이란 말이란 단어에 들어 있는 의미를 찾아봅니다. 이 의미를 알기 위해서는 사전을 보아야 분명한 의미를 알 것 같습니다.

그래서 동사 '잘하다'의 뜻을 찾아보았습니다. '올바르게, 또는 좋고 훌륭하게 하다, 익숙하고 능란하게 하다'라는 의미가 있습니다.

저는 이 의미들에서 익숙하다는 말에서 실마리를 찾았고, 올바르다는 말에서 실마리를 찾았습니다. 앞에서 제가 말했던 보고, 듣고, 느끼는 횟수를 많이 해야 한다는 말로 해석되었습니다.

우리는 아기 때 부모를 흉내 내고 말하는 법과 글을 쓰는 법을 배웠습니다. 무엇인가를 따라 하려는 행위에서 배움은 시작되었고, 배움은 쌓여 활용을 할 수 있는 수단이 되었습니다.

여기에 제가 20여 년간 사회생활을 하고 알게 된 일을 잘하는 방법을 적어봅니다.

일을 잘하려면 잘 보고, 잘 듣고, 잘 느껴서 내 생각으로 선배의 경험을 이해하는 데에서 시작하고, 그리고 그다음은 잘 참아야 합니다. 선배의 경험은 하루아침에 이루어진 것이 아닙니다. 선배도 어려웠고, 힘들었습니다. 나도 참아야 합니다. 최소한 1년의 시간, 그리고 기회가 된다면 3년의 시간을 참아봅니다. 1년은 4분기로 나뉘고, 이것이 최소한 세 번은 반복하는 경험을 느껴야 앞으로 있을 10년, 20년, 30년의 사회생활에 있을 일들과 환경에 대해서 비교해 볼 수 있는 기준이 축적됩니다.

알바로서 단기간 일을 해보는 경험, 사원으로 일하는 경험, 관리자로서 일해보는 경험. 맡은 책임에 따라 일에 대한 집적도가 다릅니다. 알바는 몸으로, 사원은 몸과 경험으로, 관리자는 몸과 경험으로 이룬 것들로 사람들을 직접 배치하고 순환시켜 보는 경험을 얻을 수 있습니다.

하지만 나이에 따라서 내가 본인이 할 수 있는 일은 달라집니다. 반대의 생각이 있을 수 있을 거라 생각합니다. 하지만 분명히 일이라는 장벽에 나이에 따라 진입할 수 있는 자리가 존재합니다.

그래서 경력의 관리가 필요한 것입니다. 사업을 하려는 사람은 아이템에 대해 하나에서 열 가지 다 알아야 하고, 알바를 할 사람은 맡은 일만 하면 됩니다.

꿈과 목표를 어디에 두느냐에 따라 참고 배워야 할 것이 하늘과 땅의 차이만큼 크고 멀어집니다.

20대 초반까지는 일의 경계를 정하지 않고 다 배워본다는 생각으로 시도하는 데에 중점을 두고 일합니다. 20대 후반부터는 일을 선택하는 데에 신중해야 하고 30대에는 경력으로 유지할 수 있는 일을 해야 하고 40대부터는 변함없이 할 수 있는 일을 해야 합니다.

변함없는 일이란 내가 생활로서 부담이 되지 않고 꾸준히 할 수 있는 일을 해야 한다는 말입니다. 20대 30대 때는 대부분 건강합니다. 40대부터는 몸의 이곳저곳이 아프기 시작하고 50대가 되면 고장이 나기 시작합니다. 시간은 멈추어 있지 않습니다.

10대인 여러분도 80대의 노인이 되고 20대의, 30대의 여러분도 80대의 노인이 됩니다. 제 경험으로는 나이가 들면 들수록 시간이 빨리 지나가는 것 같습니다.

일을 잘하려면 무엇보다 다치지 말아야 합니다. 기계는 고장 나면 고치면 됩니다. 고장 나면 새로 사면 됩니다. 하지만 여러분의 몸은 다릅니다. 하나뿐이고 다치면 새로 살 수 있지 않습니다. 다친 정도에 따라 반년을 쉬어야 하고 1년을, 10년을 쉬어야 합니다. 그렇게 되면 일자리는 여러분을 기다려 주지 않습니다.

그리고 휴식을 취한 만큼 깨우치지 못한 경험도 사라집니다. 나이를 들수록 느끼는 점이 있는데 일을 잘하려면 잘 쉬어야 하는 것 같습니다. 휴식을 취하지 못하면 자신의 몸을 파악하지 못하고, 실수를 하게 됩니다.

살면서 자신을 안다는 것만 해도 인생의 대부분을 다 알게 된 것 같습니다. 나이가 많다고 해서 자신을 안다는 사람을 찾아보기 힘든 이유입니다. 자신을 먼저 알고, 그다음 일을 알고, 다치지 않고, 잘 쉬고 일합니다.

그다음은 반복입니다. 반복된 경험이 실력을 만듭니다. 오랜 시간 같은 일을 한 사람이 자신이 맡은 일을 제대로 하지 못한다면 자신은 의식하지 못하지만 자신에게 알맞지 않은 일을 이유 없이 지속한 결과입니다.

인생은 한 번입니다. 자신이 어리다면 가리지 말고 이것저것 시도해 봅니다. 기다림, 망설임은 젊음에는 어울리지 않습니다. 참지 못하는 기웃거림, 혼란은 40대, 50대에는 어울리지 않습니다.

40대, 50대는 가족을, 그리고 자신을 책임져야 하는 나이의 마지노선이기 때문입니다. 60대, 70대는 정리하는 시간입니다. 편안해야 하는 시간입니다.

20대가 고통을 두려워해 편안함을 찾는다는 것은 자신을 노인으로 착각하는 어리석음으로 보입니다. 1,000년 전에도 2,000년 전에도 젊은이는 버릇이 없었고, 어른은 그런 젊은이를 안타까워했습니다. 앞으로도 젊은이는 버릇이 없을 것입니다.

젊음은 영원하지 않습니다.

사람은 태어나 자신이 맡은 역할을 할 수밖에 없습니다. 그래야 사회가 구성되고 각각의 사회는 그 역할을 할 수 있습니다. 편의점 종업원이 역할을 하지 않으면 우리는 정리된 곳에서 물건을 살 수 없고, 버스 기사님이 정해진 길을 반복해서 움직이지 않으면 우리는 편하게 이곳저곳을 다닐 수 없고, 식당 종업원님이 음식을 만들고 서빙해 주지 않으면 집이 아닌 밖에서 우리는 다양한 먹거리를 이용할 수 없습니다.

사회는 점점 더 AI와 로봇을 이용해 사람이 맡은 일들을 대체해 갑니다. 일이 필요 없어진 사회, 사람의 일자리가 없는 사회, 부의 편중이 가중된 사회. 앞으로의 사회는 이런 사회로 방향을 잡은 것으로 보입니다. 점점 기회가 사라져 갑니다.

일을 잘하는 법은 단순합니다. 잘 보고, 잘 듣고, 느끼고, 다치지 않고, 잘 쉬어서 그 일을 반복하는 것 오래 하는 것입니다. 하지만 그런 기회가 앞으로도 계속 있을지는 의문입니다. 미래가 걱정된다고 아무것도 안 한 채 고민만 하고 있을 수는 없습니다. 멈춰 있으면 안 됩니다. 그 멈춰 있는 시간만큼 시간은 흘러갑니다.

83년생 바보 장민수

앞으로의 사회에서 살아가기 위해 존재하기 위해서는 변하지 않는 진리를 찾아야 합니다. 그 진리라는 것은 제 경험으로 보아서는 책 안에 숨어 있는 것 같습니다. 남들이 핵심만 정리해 놓은 유튜브의 쇼츠 안에 있는 책에 있는 것이 아니고, 나 자신의 의지로 고르고 해석한 책들에서 진리를 발견하는 것입니다.

지금 국민의 수준이 현재 정치의 수준입니다. 저희가 무시하는 우리나라 정부의 시스템 공무원의 업무 처리능력을 세계에서 비교해 보면 우리나라는 이미 선진국에 도달해 있습니다. 선진국이라는 것은 특별하지 않습니다. 기회가 되는 여러분은 선진국도 가보고, 후진국도 가보았으면 좋겠습니다.

선진국인 미국의 지하철에서는 길에서는 총격 사건이 별일 아닌 듯 일어나고, 뉴욕 지하철은 더럽기로 유명합니다. 일본에서는 인터넷을 이용한 서류 처리가 어렵습니다. 경험을 해봐야 다름을 차이를 이해할 수 있습니다. 그들의 나라가 우리나라와 무엇이 다른지 비교해 보았으면 좋겠습니다.

기본을 지키고, 사회에서 자신의 역할을 지키고, 나라를 생각하는 생각들이 집적된 배려하는 사회. 그것이 선진국이고, 우리나라가 선진국에 진입한 덕분에 BTS도 「오징어게임」도 태어나 해외에서 우리나라의 문화를 보고 따라 하고 싶어 하고, 현재 우리 문화가 세계를 주도하고 있습니다. 그래서 현재 여러분이 힘듭니다. 선두에 서서 책임을 지는 삶이란 어렵습니다.

저의 세대는, 80년대 생은 따라서 복사·붙여넣기를 하듯 따라 하면 되었는데 현재의 세대는 따라 하는 것으로는 세상의 흐름을 이용하지 못합니다.

변하지 않는 진리가 있는데, 지금 고민과 걱정으로 힘들어하는 여러분에게 드리고 싶은 심심한 위로가 있습니다. 시간은 흘러간다는 것, 지금의 고민은 5분 뒤면 과거의 고민이 된다는 것입니다.

한 가지 일을 오래 해볼 기회가 있다면 시도하십시오. 그리고 전문가도 되어보고 알바도 되어보십시오. 지금 여러분이 하는 고민하는 하루가 시한부의 사람에게는 마지막 하루일 수도 있습니다.

83년생 바보 장민수

휴식

오늘 연차를 썼습니다.

일반적으로 회사는 개인의 자유인 시간을 판매한 대가로 월급을 제공합니다. 과거 석기시대였더라면 고기와 의복을 제공하는 것이죠. 현재 대한민국은 평범하지 않은 선진국 대열에 들어왔습니다. 하지만 아직도 3D 직종은 한국 곳곳에 존재하고 있습니다.

저는 인생의 절반 정도를 살았습니다. 사실 내일이 제 일생의 마지막 날이라 하더라도 큰 후회나 아쉬움은 없을 것 같습니다. 왜냐하면 제 의지대로 살아도 봤고, 그분의 의지대로도 살아봤다고 생각하기 때문입니다. 앞으로 저에게 남은 미래는 무엇일까요? 저의 고민은 여기에 있습니다.

살아서 무엇을 이룰까? 무엇을 나눠줄 수 있을까? 제 개인적인 욕심은 대부분 풀어봤습니다. 원하는 것을 마음껏 사보고 싶다는 소원도 실현해 봤습니다. 배우고 싶은 것도 배워봤습니다. 제게 주어진 시간을 어떻게 하면 우리나라를 위해 사용하고, 내 어머니를 위해 사용하고, 하느님을 위해 사용할 수 있을까? 고민합니다.

작은 결론이 섰습니다. 나를 위해 삶을 살고, 내게서 일어나는 모든 영광을 하느님께로 돌리는 삶을 살기로 했습니다. 주님의 도구가 되기로 결정한 것입니다.

저는 수시로 기도합니다. 주님의 기도, 성모송, 영광송을 바치고 떠오르는 기도의 내용이 없을 때는 주님의 도구입니다. 주님의 뜻을 이루소서 하고 기도합니다. 오늘 연차를 사용할 수 있게 허락해 주신 하느님께 감사의 기도를 드립니다 하고 기도합니다.

사실 제가 처음 사회에 진입한 19살에는 연차를 사용한다는 것은 큰 결심이 필요한 일이었습니다. 회사에서 사람은 기계를 움직이기 위한 하나의 부속품에 지나지 않았기 때문이었습니다.

제가 공장에서 느낀 삶들은 매일 매일 잠시 사용하고 버려질 것을 만들기 위해 사람의 인생을 갈아 넣는 것이었습니다. 먹고 살 만해졌는데도 사람들은 여전히 일에서 벗어나지 못합니다.

회사라는 곳 자체에서 사람을 그렇게 구속하고 있고, 일을 하는 개개인도 가족을 위한다. 자식을 위한다. 회사를 위한다. 나라를 위한다는 미명하에 의미도 없는 일들을 반복하고 있습니다.

사람에게는 일이 꼭 필요합니다. 무언가에 집중할 때 사람은 시간을 보내는 의미를 느낄 수 있습니다. 그리고 휴식을 할 때 사람은 자신을 되돌아볼 수 있습니다.

오늘은 대마도를 가기 위해 연차를 썼습니다. 하지만 대마도는 많이 갔다 왔으니 가고 싶은 마음을 참으라는 주님의 뜻인지 모르게, 예약한 배편이 사전 종료되었다는 메시지를 보게 되었고 여행사에 전화를 걸어 배를 이용할 수 있는지 물었는데 여행사 직원이 곤란한 듯한 음성을 내어 저는 결제한 내역을 취소해 달라고 하고 취소한 후 집에서 쉬기로 했습니다.

아직 한국에 있는 많은 회사의 근무 환경은 열악합니다. 동남아의 여러 나라와 아프리카의 환경을 우리나라와 비교하면 감지 덕지한 우리나라이지만 매일의 뉴스를 보면 독한 가스에 질식해 사람이 죽고, 강도 높은 업무에 지쳐 자살하고, 재난을 수습하는 과정에서 순직하고, 위험함이 상시 존재하는 각 산업 현장에서는 이유 모를 죽음들이 빈번하게 일어납니다.

사람은 자신의 의지로 태어났는지? 타인의 의지로 태어났는지 모르지만… 계란이 먼저인지? 닭이 먼저인지는 사람으로서는 알 수 없는 문제인 것 같습니다.

문제에 대해서 답을 찾아내는 사람들, 연구자들이 앞서 제가 쓴 두 가지의 문제에 대해 어떻게 주장할지는 모를 일이지만 저는 알 수 없는 문제로 두고 싶습니다. 제가 관심을 가지는 것은 사람으로서 스스로의 삶 속에서 순간이라도 행복함을 가지는 것입니다.

돈은 수단이지 목적이 될 수 없습니다. 하지만 본질은 왜곡되곤 합니다. 일이란 자신의 삶 속의 행복을 위해 하는 것임에도 불구하고 의식을 잃어버리는 순간 사람은 기계의 부속 중 하나가 되어버리곤 하여 휴식 없는 무한한 일 속에 개미지옥에 빠져버린 개미처럼 삼켜져 버립니다.

여행을 포기하고 충분한 잠을 잘 수 있었습니다. 여행을 포기하고 많은 글을 읽을 수 있었고, 많은 글을 쓸 수 있었습니다. 오늘을 마무리하는 기도를 드립니다. 오늘 또한 주님의 의지를 느낄 수 있는 하루였습니다.

저를 움직이는 주님 제게 휴식을 주시듯

주님의 의지를 모르고 움직이는 많은 고단한 사람

위험에 맞서 있는 사람을 살피시어 영원한 주님의 곁으로 가기 전에

지상의 삶 속에서도 행복을 느끼는 순간을 주시길 바라봅니다.

의미 모를 일들 속에서 의식을 찾아 혼란을 겪는 이들

원인 모를 수난들로 인해 마음 아파하는 이들

삶 속에 수많은 방황을 하는 이들을

살펴주시고 주님의 곁으로 돌아갈 수 있는 기회를 주십시오.

저희는 주님께서 만든 주님의 도구입니다.

아멘.

83년생 바보 장민수

아침의 기도

오늘 아침 눈을 떴습니다. 시간은 6시 30분. 출근을 위해 일어나는 시간입니다. 휴일에는 긴 잠을 잘 수 있는데 어찌된 일인지 매일의 습관 탓인지 휴일에도 같은 시간에 눈이 떠집니다.

오늘 아침을 주신 주님 감사를 드립니다. 매일 아침 일어날 수 있다는 것은 매일 새로운 하루가 선물로 주어진다는 것과 같습니다. 하루 24시간 중 깨어 있는 시간은 잠자는 시간 8시간을 제외한 16시간 정도입니다.

침대에서 일어나기 전 이리저리 몸을 뒤척입니다. 일찍 일어나 더 많은 일을 처리할까? 조금 더 자고 그냥 평소처럼 하루를 시작할까? 작은 고민들이 시작됩니다.

　주님 어떻게 해야 할까요?

　혼자서 이런저런 생각을 하다 자리를 털고 일어나 샤워를 하기 위해 보일러를 켜고 커피머신을 깨워 커피를 부탁합니다.

　그리고 어제와 같이 커피를 마시며 글을 쓰는 하루를 보낼까 합니다. 책을 읽고, 떠오르는 생각을 정리하는 시간. 제게 찾아온 이 시간을 저는 이렇게 보내려 합니다.

　좋은 생각을 떠오르게 해 사람들에게 보탬이 되는 주님의 말씀을 전할 수 있는 능력을 주소서. 깨어 있도록 허락하시고, 시간이 되면 잠이 들게 하소서.

책을 읽고
글을 쓰는 나의 생각

저는 책을 사 모읍니다.

일주일에 한 번 중고서점에 갑니다. 한 번에 5권만 사고 집에 돌아오자 혼자 약속을 하지만 어김없이 그 약속은 어기고 맙니다. 저번 주에는 13권, 이번 주에는 11권을 샀습니다.

남의 손을 한 번은 거친 책들이라 할인을 적용받아 10만 원 안팎에 좋은 책을 골라 올 수 있었습니다. 예전에는 새 책을 많이 샀는데 도서정가제가 실행되고부터는 책을 정가에 사기보다는 중고 책을 사는 게 더 이득이라는 생각이 들었습니다.

제가 좋아하는 책은 생각을 일깨워 주는 책, 보편적인 생각을 하기보다는 자신만의 생각을 드러내는 책을 좋아합니다. 그리고 음악처럼 리듬이 있는 글솜씨를 가진 사람들의 책을 좋아합니다.

아무리 좋은 내용의 책일지라도 어려운 단어를 사용하고 거창하게 화려한 과대광고와 반복이 들어가 있는 책은 읽지 않습니다. 왜냐하면 재미있고 즐거운 책은 저의 남은 일생보다 많을 것이고, 제가 볼 수 있는 책은 저의 시간이 허락하는 범위에서만 읽을 수 있기 때문입니다.

『세이노의 가르침』 잠시 읽어보았습니다. 재밌는 저자인 것 같다는 생각이 들었습니다. 담백하게 당당하게 자신의 생각을 쏟아내고 있고 그를 따르는 많은 사람들이 보였습니다. 자신은 이미 자산가가 되어 있기 때문에 거기에 더 많은 부는 필요 없다는 것을 경험으로 체득하여 깨달은 사람이라는 느낌이 들었습니다.

우리가 진정으로 살아가는 데 필요한 것은 무엇일까? 우선 내가 서 있을 지구라는 땅이 있어야 하고, 마실 물이 필요하고, 마실 공기가 필요합니다. 추위와 뜨거운 열을 피할 집이 있어야 하고, 옷이 필요하고. 간단히 말하면 의식주가 필요합니다. 의식주만 있으면 사람은 살 수 있을까?

사람은 항상 비교합니다. 그리고 때로는 의미 없을 비교를 위한 비교를 합니다. 현재는 인스타그램, 인터넷, 유튜브 등 사람의 부를 자랑하는 많은 사람들을 찍어 올리는 곳이 존재합니다. 분명 좋아 보이라고 올리는 것들이기 때문에 좋아 보입니다. 하지만 좋아 보일 뿐 진실은 화려함 속에 독이 있다는 것… 쓰디쓴 것이 마시다 보면 맛있다는 점을 생각할 수 있는지 모르겠습니다. 이런 생각을 합니다. 어린아이들처럼 본능에 충실하기에는 사람의 삶 속에 어린 시절은 짧고 그 시간은 우리가 기억의 저편 망각의 섬에 떠나보낸 시간들이 더 많다는 점입니다.

저는 깨달음을 추구합니다. 나는 누구일까? 왜 존재할까? 나의 소명은 어디에서 오는가? 인생은 한 번이라고 말들을 하고, 종교를 믿는 사람은 영원한 삶을 믿는다고 말합니다.

저는 책을 읽습니다. 그리고 생각합니다. 그러곤 다시 책의 내용을 잊어버립니다. 망각의 저편으로 기억의 단편들을 보내버려 아무것도 기억나지 않습니다. 하느님을 제외한 모든 본질이란 무에서 태어나 무로 돌아가기 때문입니다.

모든 살아 있는 존재는 자신의 일생을 살아갑니다. 사람은 글을 남기고, 뛰어난 글은 생명을 얻어 사람의 이름을 남기기도 합니다. 저자들은 말로 글로 자신이 깨달은 바를 여러 번 말하고 반복하여 말합니다. 듣고 보고 읽는 사람들이 자신과 같은 경험을 해서 깨달음의 경지로 이르도록 응원하고 가르쳐 그들의 삶 또한 풍요로운 혜택을 받는 시간을 가지게 도와주려 합니다.

그와 동시에 저자들은 생각할 것 같습니다. 내가 어디에서 어디까지 알려줘야 할까? 어차피 내 말을 들어줄 사람, 이해할 사람, 그리고 개선을 해서 책의 본질을 사용할 사람은 소수이고 대다수는 어떠한 표현으로 사진으로 음악으로 이해시키려 해도 이해시킬 수 없다는 것을 알고 있습니다.

왜냐하면 사람을 경험한바, 사람은 태어나서 같은 교육을 받고, 같은 책을 읽어도 본인의 관점에 따라서 전혀 다른 생각을 도출해 낸다는 것을 매번 알아가기 때문입니다.

생명은 유한하다는 것을 알고 있습니다. 그러기에 생명의 가치가 있다고 생각합니다. 천재는 하늘이 내린다고 생각합니다. 가끔은 저도 천재가 될 수 있다고 생각합니다.

많은 사람이 천재가 될 수 없습니다. 모두가 같은 생각으로 한 방향으로 갈 때 다른 방향으로 가는 사람, 자신의 생각이 확고하며 분명한 생각을 해야 합니다. 100명 중 1명, 1,000명 중 1명 10,000명 중 1명 100,000명 중 1명 입니다. 천재는 사람이 많든 적든 1명 아니면 2명입니다. 한 세상에 2명의 천재가 존재하면 불행합니다. 2명의 천재는 경쟁을 해야 할 것이고, 그 결과 1명은 천재가 아님을 알게 되기 때문입니다.

생명은 유한합니다. 건강한 삶을 사는 천재는 수명을 살다 가지만 끝나지 않는 진리와 깨달음이라는 무한의 경계를 탐하게 되는 천재는 쏟아져 나오는 영감들로 인간으로 할 수 있는 수없이 많은 창작물들을 짧은 시간 내에 쏟아내게 되지만 인간이라면 필연적으로 가지고 있는 육체의 한계와 호르몬의 영향으로 일찍 깨달은 천재들은 그들의 빛은 지구로 떨어지는 별똥별처럼 밝게 그리고 잠시 빛나고 어둠 속으로 사라집니다.

그러하기에 자신은 돌아보지 못하고 빨리 깨닫고 빨리 사라지는 천재는 인간의 수명 생로병사 중 노인의 삶은 경험해 보지도 못한 채 젊디젊은 육체를 함부로 소진시켜 인간으로 누릴 수 있는 경험의 일부를 경험하지 못한 채 하늘나라로 갑니다.

하루를 살다 사라지는 천재가 될 것인가? 긴 시간 100년을 살다가 사라지는 천재가 될 것인가? 정신적으로 영원을 살아가는 천재가 될 것인가? 저는 별똥별처럼 사라지는 기억되지 못하는 천재가 되기를 희망하지 않습니다. 보통의 기억되는 사람이었으면 좋을 것 같습니다. 대부분의 유명한 사람은 자신의 이름을 남기고 자신의 이야기를 책 속에 남겨 자신의 정신을 후대에 전하고 있습니다.

그들은 이미 물질적이나 정신적으로 풍요로움을 겪어 삶의 본질을 이해합니다. 그러하기에 자신이 현생의 삶에서 맡은 위치를 역할을 최선을 다해 행합니다.

살면서 보았습니다. 일반적으로 부는 한번 일구고, 어느 정도 일구어 내면 그 부가 스스로 증식한다는 것을 보았습니다.

부자는 돈의 기적을 귀신처럼 느끼는 예민함이 있었습니다. 물질은 부로 전환되었습니다. 부가 부를 불러오는 순환으로 부는 살아서 움직이며 이곳저곳 자신이 사용될 곳을 찾아 헤맸습니다. 그러다 잠시 100년의 시간을 살다가는 누군가에서 누군가에게 전해졌지만 부는 항상 그 자리에 있었고 부의 총량은 여태껏 변한적이 없다는 것을 여러분도 알고 있을 것입니다.

이유는 아직까지 지구에 있는 황금의 총량을 알지 못하기 때문이고, 다이아몬드의 총량을 알지 못하기 때문이고, 인간의 눈에 가치로 설명할 수 있는 물질을 완벽하게 정의하지 못했기 때문입니다. 가치 있는 무언가는 시대의 요구에 따라서 보이기도 할 것이고, 눈앞에 있다 사라지는 구름처럼 순간의 시간에 사라지기도 할 것입니다.

눈앞의 사라지고 만지지 못할 부를 소유하기 희망하기보다는
책 속에 담겨 있어 자신의 머릿속에 담을 수 있는 지식을 탐해 언
제든지 지식 속에 담겨 있는 부를 꺼내 사용하는 우리가 되었으
면 좋겠습니다.

인생

인생은 무상합니다.

벌거벗고 태어나 육신의 껍질을 벗고 원래 왔던 곳으로 돌아갑니다. 왜? 모든 것을 깨달은 상태인데 이 인생을 이어가야 하는가 생각합니다. 이미 아는데 말입니다. 무엇이 얼마만큼 필요할까요?

사람은 정신적인 존재입니다. 물질의 환상을 향과 감각으로 느끼며 젊은 시절을 온갖 유혹의 물질들에 현혹당해 자신의 존재를 마지막에는 바라보지도 못하다가 순간 삶의 모든 것 처음을 깨닫고 마지막 시간을 되돌려서 하늘나라에 가게 될 사람입니다.

현재는 과거 일반인이 접근하지도 보지도 못할 정보가 일반 대중에게 너무도 많이 쉽게 공개됩니다. 그래서 1,000년 전 철학자들이 하던 고민을 우리나라 대중이 하고 있습니다.

깨달음들이 넘쳐납니다. 100여 년 전 철학자는 말하였습니다. 지금의 대중은 과거 철학자 100명분의 지식을 소유하고 있다고 이야기했습니다. 100년 전에 철학자의 말을, 200년 전 물리학자의 말을 우리는 현실의 눈앞에서 볼 수 있습니다. 정보의 홍수인 시대입니다.

정상적인 정보에 더해 거짓 뉴스들도 난립합니다. 우리나라 방송사, 언론사들은 TV와 인터넷을 통해 실시간으로 기사들을 쏟아내는 데에 더해 유튜브에서는 방구석 전문가들이 자신들의 지식을 일반인들에게 무차별적으로 공급합니다.

예전에는 TV만 안 보면 되었는데 이제는 각 개인이 손에 들고 다니는 컴퓨터에 의해 정보를 끊을 수가 없게 되었습니다. 스마트폰을 손에서 놓는다는 것은 세상과의 단절을 의미하기 때문입니다.

나의 아버지

참 불쌍하고 가여운 사람입니다.

둘째이자 장남으로 태어나 자신은 돌보지 못하고 부모의 사랑조차 집안에서 가장 교육의 혜택을 받은 셋째 아들에게 빼앗겼지만 바보같이 자신의 마누라와 자식들을 희생시켜 자신의 형제들의 결혼과 자립을 위해 자신의 귀중한 돈과 시간을 사용한 모자란 사람, 그게 나의 아버지입니다.

사실 나는 언제부터인가 아버지를 아버지라고 부르지 않습니다. 하지라고 부릅니다. 언젠가 아버지가 아버지 동료의 손자에게서 들은 하지, 하지라고 하는 말을 저에게 흐뭇한 표정으로 이야기했고 저는 그 말을 듣자 이상하게도 하지라고 부르게 되었습니다.

　현재 아버지는 요양병원에 입원하여 있습니다. 근육위축증. 중학교에 다닐 때부터 집안을 책임지지 못하는 할아버지를 대신해서 쌀집, 약국, 입주 가정부가 되어 집안을 위하여 자신의 삶을 소비한 남의 삶을 대신 산 아버지가 70대가 되어 얻은 병입니다.

　아버지는 자신의 삶이 뒤늦게 이렇게 될 것이라고 조금이라도 생각했을까? 평생을 자신의 삶은 살아보지 못하고 남을 위해 산 아버지.

　저는 아버지를 가엽게 생각하지는 않습니다. 평생을 남을 위해, 가족을 위해 산 그의 삶이 초라해서는 안 되기 때문입니다. 그리고 저는 저의 미래를 기약하지 못하기 때문에 타인을 초라하게 생각할 수 없습니다.

　다만 아버지가 자신 현재 모습에서 오는 육신의 제약을 정신의 제약으로 받아들이지 않기를 희망합니다. 그게 제가 현재 할 수 있는 나 자신을 위한 방법이고, 또한 아버지 자신이 자신을 지키는 방향이라고 생각합니다. 지나가는 시간은 잡을 수 없습니다. 현재에 충실할 뿐입니다.

　　　　　　　83년생 바보 장민수

시간과 공간의 방

이곳에서 정신이 깨어난 깨달음을 얻은 자들이 쓴 글을 읽습니다. 책을 쓴 저자들의 글을 읽으며 순간순간 나의 깨달음과 같음을 비교해 보고 또 금방 잊어버립니다. 시간은 계속 흘러가고 나는 어쩔 수 없이 이렇게 시간을 흘려보냅니다.

시간을 보내고 있습니다.

이곳은 시간과 공간의 방 때론 드래곤볼의 시간과 공간의 방이 여기에 있었으면 좋겠다 생각합니다. 시간을 보내는 것은 어쩔 수 없지만서도 시간을 느리게 흘려보내 다른 이들이 보내는 시간보다 적게 소비하고 또 자신의 능력을 무한정 향상시키고 싶은 욕심을 부려보는 제 방입니다.

깨달음은 다름 아닌 작가들이 하느님의 말씀을 영적으로 듣고 자신의 손과 입을 통해 쏟아내는 말들이라고 생각합니다.

불교 서적에서도 있었고, 유교 서적에서도 있었습니다. 이슬람교 서적에서도 가톨릭 서적에서도 보았습니다.

깨달음의 글들은 다름 아닌 하느님의 말씀이라는 것입니다.

평생을 100년이라는 시간 안에서 살아가는 사람은 어찌해도 하느님의 시간 안에서 살아간다는 깨달음이 있었습니다. 저자들은 모르고도 말하고 알고도 말과 글을 남깁니다.

하느님의 손이 되어 하느님의 몸이 되어 하느님의 의지를 글로 남기게 됩니다. 하느님의 입이 되어 하느님의 말씀을 자신도 모르는 채 중얼거리게 됩니다.

깨달음은 순간이라 모든 것을 순간에 다 알게 되어도 머리는 그 모든 것을 음악에서처럼, 영화의 영상처럼 기억장치에서 꺼내지 못합니다. 우리를 만드신 주님의 의지 없이는 자신의 것이라 할지라도 스스로 꺼내 보지 못하기에 영혼의 글은 작가 자신이 쓴 글들이라 할지라도 스스로 이 글이 어떻게 탄생하였는지 모르기도 합니다.

저는 글을 볼 때 그런 점들을 찾아봅니다.

단순함,
본질을 찾기 위한 노력

번뜩이는 생각이 났습니다. 그 생각을 현실화하기 위해서는 생각의 흐름을 끊어서는 안 된다는 것은 분명하기에 생각을 그대로 그려 넣어야 합니다. 끊어진 생각은 반짝반짝 빛나는 별처럼 반짝이다 사라지기 때문입니다.

단순해야지 목적을 바로 전달할 수 있습니다. 문장이 길어지면 원래 말하려고 했던 말을 그대로 이어가기가 힘들어지고, 글이 길어진다는 것은 독자의 집중력을 붙잡고 있기가 힘들어진다는 것과 같습니다. 단순함에 본질이 있습니다.

채움+공허함

　　노래를 좋아하는 저는 노래를 듣습니다. 가사가 있는 노래와 가사가 없는 경음악 모두 좋아합니다. 사랑 노래, 분노의 노래, 시대를 담은 노래 그리고 각각의 장르가 있습니다.

　　조금씩 전진하고, 멈추고, 빠르게 움직이고 정적인 움직임을 보이는 각각의 리듬을 담은 음표를 연주하는 연주자, 노래를 부르는 가수 모두 음악에 흐름에 빠져들어 각자가 맞은 하이라이트를 연주합니다.

　　노래 안에는 사랑의 대상, 분노의 대상, 시대 상황으로 그 모든 곳에 하느님이 있어 보입니다.

　　음악 속에서 느낍니다. 사랑하는 하느님께 다가가기 위한 사람들의 표현 자신의 의지를 생각을 위로해 주지 않아서 오는 서운함에서 느껴지는 화, 그리고 분노. 살아가는 생활에서 시대 상황 그 모든 곳에 자리한 주님을 사랑하기에 자신이 할 수 있는 최고의 감정과 언어를 사용해서 나를 한 번 봐달라는 외침의 소리가 음악 속에서 들리는 것 같습니다.

자원은 충분하다

     다만 나누어 사용하는가? 혼자서 독차지하려 하는가가 문제입니다. 세상은 전체이고 하나입니다. 사람은 각자가 개개인의 삶을 살아간다고 생각합니다. 세상은 분화의 분화를 거듭하였고, 그 분화의 과정을 거쳐 책임을 서로 나누어서 져 보다 풍요로운 삶을 살 수 있게 되었다고 생각합니다.

    아이러니하게도 세상은 분화되었지만 세계화된 세상은 하나의 조립된 핸드폰처럼 복잡한 기능을 할 수 있게 되었지만 모두 모아서 조립하지 않으면 기능을 할 수 없는 상태가 되어버렸습니다.

    세계인이 전체가 사용하기에 고기도, 옷도, 자원도 충분합니다. 하지만 사람에게서 만족을 찾아내기는 어렵습니다. 사람이 만족

                                  83년생 바보 장민수

을 하기 위해서는 배부름을 느껴야 하기 때문입니다. 공허함은 만족을 할 수 없게 합니다. 정신적인 만족이 불평등함 욕구 불만을 해소할 수 있는 유일한 방법입니다.

정신적으로 만족하지 못하는 사람은 끝을 알 수 없는 욕망으로 채울 수 없는 공허함을 끝없이 채우려 합니다.

감 말랭이

    책을 보다 어머니의 안부가 궁금했고 책을 덮고 방문을 열어 거실에 누워계신 어머니 곁으로 발걸음 소리를 죽이며 다가갔습니다.

    아직 추운 겨울이지만 어머니는 따뜻한 방이 아닌 거실에서 주무십니다. 아무리 따뜻한 방에서 자라고 해도 말을 듣지를 않으십니다.

    어머니는 짜장면이 싫다고 하셨던 어머니입니다. 자식의 돈을 부담을 어떻게 해서든 적게 가지게 하려는 어머니. 저는 어머니의 고집을 억지로 꺾을 생각이 없습니다.

    어머니는 자존심이 강한 여자이기에 자존심이 꺾이면 안 된다고 생각합니다. 아들이 아파하면 자신이 대신 아파하는 어머니이기에 나는 어머니의 고집을 억지로 꺾을 생각이 없습니다.

어머니에게 다가가 누워계신 어머니 옆에 잠시 누워 장난을 치고 다시 일어납니다. 어머니는 감기에 걸렸습니다. 한 달 전까지 내가 감기에 걸려 힘들어했는데 이번에는 어머니 차례인가 봅니다.

다시 책을 읽으려 돌아서 다 냉장고 속 감 말랭이가 생각났습니다. 냉장고 문을 열고 감 말랭이 봉지를 집어 들어 몇 개의 감 말랭이를 꺼내 오물오물 씹습니다.

나이가 들어가는 것 같습니다. 예전에는 전혀 관심 없던 것들이 가끔 생각나고 먹고 싶습니다. 곶감은, 단감은, 홍시는 어머니가 좋아하던 것들이었는데 어머니는 이제 감이 싫은 모양이고, 오히려 요즘에는 제가 감을 먹습니다.

하루 7시간

　　　성인의 하루 수면시간은 8시간 내외가 좋다고 하여 하루에 7시간을 자려고 합니다. 하지만 실제로 집중해서 자려고 하면 잠은 깹니다.

　　10시간은 누워 있어도 진짜 잠에 든 시간은 6, 7시간인 것 같습니다.

　　20살 때는 하루에 3, 4시간, 심할 때는 거의 눈만 감았다 뜬 것 같은 시간을 자고 일과 공부를 병행할 수 있었습니다.

　　미래에 대한 불확실함이 저를 움직이게 하고 생각하게 했는지 모르겠습니다. 위인들의 이야기를 적어놓은 자기계발서 심리학 서적을 읽으면 나도 그들처럼 고난을 겪고 그 고난을 양분 삼아

성장하는 미래를, 저 스스로의 미래를 꿈을 꿨습니다.

　그때의 저는 멍청하게 서 있으며 잠을 자며 수많은 생각이 내 머릿속을 스쳐 지나면 가진 것 없는 나는 그 흘려보내는 생각의 시간들마저도 자원으로 만들기 위해 언어를 공부했습니다. 생각을 중국어, 일본어로 하려 하고 지하철 안내 방송마저도 외웠습니다.

욕심

　　12월, 1월 추운 겨울이다. 겨울에는 무엇인가 채우고 싶어진다. 버리고 버려도 채워진다. 욕심을 다 버린 줄 알았는데 또 욕심이 생긴다. 이미 내 옷장에는 새 옷들로 넘쳐나는데 또 뭐 하려고 옷을 사려 하는지 지금까지 입었던 헌 옷을 왕창 버리고 또 새 옷을 사려 한다.

　　이성은 하지 말라고 하고 욕심은 내게 또 사서 채우라고 부채질을 한다. 나는 어떻게 해야 하나? 어머니 눈치를 본다. 예전에는 하지 않던 습관이다. 너무 싼 가격 1+1은 나를 유혹한다.

　　어찌할 바를 모르는 나는 또 욕심에게 패배하나?

　　우습고 머리 아프다.

　　　　　　　　　　　　　　　　83년생 바보 장민수

평화

주여 사랑의 주여 내 안에 평화를 주소서. 저는 모든 이의 평화를 바랍니다. 주 안에서 평화를 보내다 일생을 마감하는 저는 주님에게서 시작하여 주님의 곁으로 돌아가는 사람이 되고 싶습니다.

대한민국에서 태어난 대부분의 남자는 군대를 의무적으로 가게 됩니다. 그곳에서 짧게는 2년 길게는 평생의 대부분의 삶을 보내는 남자들이 있습니다. 대한민국은 남과 북으로 갈라져 서로를 경계하고 자신의 주적으로 총과 포를 겨누고 있습니다. 어릴 적 저는 두려웠습니다.

군대에서 일어나는 수많은 사건들, 진실이 은폐되고 권력의 힘에 굴복한 작고 약한 수많은 국민이 생명을 잃고 온몸에 상처를 입고 나서야 군대를 벗어날 수 있는 사건들을 사람들의 말과 화면으로 보았습니다. 그리고 생각했습니다.

또 한편으로는 나라를 지키기 위해 자신 가족의 안녕과 평화를 위해 몸 바쳐 자신을 희생한 수많은 참 군인들을 보고 나도 군인이 되고 싶다는 생각을 했습니다.

결론은 저는 4주 군사훈련만 받고 산업체에서 군대를 대신하여 복무하였습니다. 긴 군대 생활을 하지 않았습니다. 그 결과 저는 강요와 억압 권위에 대한 복종에 대해 경계가 강한 사람으로 살아남았습니다.

자유로운 영혼으로 태어나 12년간의 의무교육을 거치며 자유가 극에 달하는 대학생활을 경험한 20대의 빛나는 청춘들은 갑자기 군대에 들어가면 당황합니다. 자유사회와 군대는 다릅니다.

훈련소에서의 생활입니다. 처음 번호를 부여받고 훈련병으로 불리며, 휴지 한 롤, 치약, 칫솔 하나, 군복, 손수건, 수첩, 볼펜을 지급받고 훈련병의 생활이 시작됩니다.

사회에서 가져가는 돈과 사적인 물건들은 모두 조교들에게 봉투에 담아 전달합니다. 선택의 자유는 없습니다. 풍요로운 대한민국에 태어나 처음으로 경험한 구속의 경험입니다.

비교하자면 훈련병의 시작은 죄를 지어 감옥에 갇히게 되는 범죄자들이 교도소에서 경험하는 절차를 그와 같은 경험을 국민에게 부여된 책임이라는 이름으로 태어나 처음 겪게 됩니다.

그리고 4주를 무사히 버텨내면 자대배치를 받게 되고, 그때부터

83년생 바보 장민수

군대의 고역은 시작된다고 말합니다. 저는 경험하지 못했지만 군대를 다녀온 사람이 전 국민의 절반이라 수없이 들었습니다. 그렇게 군대 생활을 전해 들을 수 있어 경험하지 않아도 어떨지 어떤 느낌일지 보이는 듯합니다. 너무 많이 들어 혹시 뻥을 치려고 하면 대충 묻어갈 수 있을 정도로 이야기할 수 있을 것 같습니다.

하지만 깊이 들어가면 분명히 제가 군대를 다녀오지 않은 사실을 들킬게 분명 하다는 것도 압니다. 왜냐하면 저는 거짓말을 하는 것을 어렵고 귀찮게 생각하기 때문입니다.

저는 전역을 하고… 전역이라 해도 되나? 뭐라고 했더라 소집 해제였나? 정확한 용어는 모르겠습니다. 군대를 대신해 산업체 기능 요원으로 군을 마쳤다는 무슨 용어가 있었습니다.

산업체에서 3년 복무 후 야간 대학을 같이 다니느라 저의 첫 회사이자 산업체를 4년 5개월간 다녔습니다.

저에게 4주 훈련은 편했습니다. 맛있는 밥 3식이 제 간에 맞춰 제공되었습니다. 행군을 하고 훈련을 받으면 어김없이 식사 시간이 찾아왔습니다. 아침, 점심, 저녁을 먹고 간식까지 나왔습니다. 야간에 군에서 필요한 작업을 맡아서 하면 맛스타와 초코파이, 건빵이 제공되었습니다. 일정한 시간에 잠들 수 있었고, 일정한 시간에 기상나팔 소리에 잠에서 깨어났습니다.

힘들었던 것은 야간에 불침번 당번이 되면 그 시간에 깨어나 경비를 서야 하는 불침번과 겨울 충청도의 차가운 날씨 정도였던 것 같습니다. 그리고 모든 것이 제한되어 최소의 물품으로 생활을 해야 하는 군대 생활은 자유민주주의 대한민국의 평화로움과 풍요로움을 몸소 체험하는 과정이었습니다.

저는 비염이 심해 코를 항상 풀어야 했는데, 어느 정도가 아닌 많은 휴지가 필요한데 처음 지급받은 휴지는 1롤이었습니다. 그래서 휴지를 쓰지 않으려 손수건에 코를 풀고 손수건을 빨아서 사용하고 어쩔 수 없을 때 사용하는 휴지는 한 칸으로 정해 코를 풀었습니다. 휴지가 없을 때는 코를 풀고 나무에 손을 닦고 흙에 손을 비볐습니다.

휴지 1롤로 1주일을 버티라고 한 것 같은데 그때 신경이 날카로워져 화장실을 1주 이상 가지 못하여 밥도 잘 먹지 못하고 힘들게 지내다 화장실을 갔는데 끝없이 나오는 용변으로 화장실 변기를 막히게도 하였습니다.

저는 피부가 건조한 편입니다. 당시 제가 있던 부대는 그래도 시설이 좋은 편이라 목욕은 따뜻한 물로 할 수 있었는데 일반적으로 빨래를 하거나 손과 얼굴을 씻을 때에는 찬물로 씻어야 했습니다.

빨래는 세탁기에 하면 되는데 수많은 훈련병이 빨래를 하기 위해 줄을 서서 기다리는 것을 보게 되었고 저는 기다리기 싫어 매일 매일 빨랫비누로 손빨래를 했습니다. 그러다 보니 제 피부는 날이 갈수록 찢어져 갔습니다. 손등이 갈라지고 피가 났습니다.

사회에서는 쉽게 구할 수 있는 로션이라는 것을 기초 물품으로 제공받지 못했습니다. 자유로운 세상에 태어난 것이 얼마나 감사한 일인지 작은 것 하나하나에 소중함을 깨달을 수 있는 소중한 시간이었고 아직까지 잊지 못하는 순간은 당시 조교가 제 손을 보고 자신이 가진 핸드크림을 제게 준 순간입니다.

그때 당시 너무 고마워 훈련을 마치게 되면 제가 받은 월급으로 군대에 맛있는 것을 사 가지고 가 보답하려 했습니다. 하지만 4주 훈련을 마치고 집으로 간다는 것은 너무 기쁘고 즐거운 일이라 퇴소 신고를 마치자마자 KTX 특실을 끊어 부산으로 떠났습니다. 사람의 마음은 간사 하기도 하고 변덕이 죽 끓듯 합니다.

고마운 마음을 갚을 생각보다는 처음으로 가족과 떨어져 지냈던 4주라는 시간 속에서 어서 빨리 가족을 보고 싶다는 마음이 간절했고 그 마음은 조교에 대한 고마움을 앞섰습니다. 그리고 공장으로 돌아가서도 시간이 나면 군대에 인사를 가려고 생각했지만 매번 계획을 미뤘습니다. 지금껏 감사한 마음은 잊지를 않았는데 혼자서 한 마음속 약속을 생각을 실현시키지 못했습니다.

그때 산업체 생활도 만만치 않았습니다. 매일같은 잔업과 일요일까지 일해야 하는 환경에 떠밀렸었고 그 고마웠던 사람들에게 고마움을 전달하지 못했습니다.

단체 생활은 어렵고 힘들었지만 많은 깨달음들을 주었습니다.

제가 그리고 우리들이 시간을 보내는 평화로운 세상에서 너무도 당연하게 평화를 누리고 있는 이 순간 밤잠을 자지 못하고 총을 들고 경계를 서고 있는 우리의 자랑스런 20대의 청춘들이 있다는 것, 우리나라가 전쟁 중인 국가라는 것, 남자들로만 있는 편안함을 알게 되었습니다.

그곳에서는 조교들의 지시만 따르면 누구나 자신이 맡은 일은 책임을 다해서 다했고, 미루지 않았으며 다 같이 하는 일이라 불평이 없었습니다. 무엇보다 군대는 일을 마치면 보상이 꼭 찾아왔습니다. 사회에서는 줘도 잘 안 먹을 초코파이와 맛스타가 튀긴 건빵이 우리를 움직이게 했습니다.

저는 생각합니다.

군대는 꼭 필요하다고 생각합니다. 그리고 군대는 가능하다면 남, 녀 모두 다녀왔으면 좋겠습니다.

긴 복무 기간이 문제라면 산업체 기능 요원처럼 4주간의 기초 군사 훈련은 국민 중 누구라도 원하면 받았을 수 있었으면 좋겠습니다.

이유는 우리나라는 휴전 중인 국가이고, 위로는 중국과 러시아 아래로는 일본으로 둘러싸여 강대국들 사이에 있어서 그들의 이권 다툼에 의해 언제든지 전쟁이 발발할 수 있는 위험을 지니고 있기 때문입니다.

전쟁은 약자와 강자를 가리지 않고 피와 죽음과 괴롭힘과 고통을 양쪽 모두에게 전해줍니다. 인간은 인간답지 않을 수 있습니다. 인간은 언제든지 나쁜 방향으로의 한계를 끝까지 시험해 도출해 낼 수 있다는 것을 경험하여 알고 있습니다. 어리석은 사람은 전쟁이라는 최악의 선택을 언제라도 시도할 준비가 되어 있습니다.

평화에 익숙하게 길들여지면 내 턱밑까지 칼이 들어와도 두려움을 느끼지 못합니다. 앞으로 어떤 일이 있을지 고민하지 않고 준비하지 않으면 위험을 감지하지 못하고 준비되지 않은 상태에서의 위험은 현실이 됩니다.

83년생 바보 장민수

전쟁이 일어나게 되면 노인과 아이와 여자들 남자들을 가리지 않고 생명의 위험을 겪습니다. 하지만 대부분의 대한민국 남자는 총기를 사용할 줄 알고 적어도 적을 죽일 수 있는, 저항할 수 있는 군사훈련을 받아 나를 죽이려 하면 상대를 죽일 수가 있습니다.

군대라는 경험이 있어 자신을 위협하는 것으로부터 대응하는 법을 알아 자신과 가족을 지킬 방법을 알고 있습니다. 하지만 현재 대한민국의 아이와 여자는 그렇지 못합니다.

말과 생각으로는 전쟁을 쉽게 할 수 있습니다.

말싸움이라면 여자도 아이도 서로에게 지지 않을 만큼 우리나라는 교육되어 있습니다. 그렇지만 진짜 전쟁이라면 어떨까요? 실제의 전쟁은 다릅니다. 뉴스 속 스쳐 지나는 화면을 보고 거기에 자신이 있다고 대입해 보았으면 느낄 수 있을 것입니다. 전쟁은 인간으로서 상상할 수 있는 기대 이상의 잔인함이 현실로 도출됩니다. 어른과 아이 여자와 남자를 상대를 가리지 않고 구분하지 않고 폭력은 행해집니다.

역사는 되풀이됩니다.

학교에서 국사를 공부했으면 알 것이고, 초등학교 때 위인전이라도 읽어봤으면 알 것입니다. 우리나라는 수없이 침략을 받은 국가이며 최근 100년 전에는 일본에 국권까지 빼앗겼던 나라이기 때문입니다.

우리나라가 최고로 부유했을 때, 국민들이 안정적으로 살았을 때는 군사력이 강했을 때였습니다. 고구려, 백제, 신라를 가리지 않고 우리나라는 전쟁을 수없이 했고 현재 중국 너머의 땅까지도 우리나라의 영토였던 적이 있습니다. 나라의 위기 때는 남녀 모두 군에서 복무하였습니다.

현재 대한민국은 평화롭습니다. 그래서 이 평화가 당연한 줄 알고, 두려움을 잊어 스스로 만든 두려움에 자신의 생명을 내던지는 수많은 사건이 뉴스를 통해서 전해오는 것을 봅니다.

가끔은 이런 자극적인 사건들이 일어나는 것이 우리가 너무나도 많은 정보에 쉽게 노출되고, 너무나도 쉽게 정보를 조작할 수 있고, 정보의 근처에 접근하여 알 수 있게 되어 자극적인 사건이 자극적인 사건을 복사·붙여넣기를 하듯 수없이 생겨나지 않는가 하는 생각도 하게 됩니다.

아무것도 아닌 제가 세상이 돌아가는 문제를 고민합니다. 대한민국의 미래를 고민합니다. 그리고 하느님께 기도해 봅니다.

주여 이스라엘은 주님께서 선택한 백성, 저희 대한민국은 박해 속에서도 주님을 먼저 찾은 백성입니다. 주님 주의 뜻을 이루소서.

제 마음대로 주님께 소원을 빌 수는 없는 일입니다. 그렇게 알지만 부탁드려 봅니다.

제 안에 그리고 우리나라에 평화를 주소서.

우리는 매일 아침 일어나 거울을 마주합니다. 거울이 없다면 유리창이라도 마주합니다. 거울, 유리창 그 면에 비친 자신의 모습을 천천히 보고 또 천천히 생각해 보았으면 좋겠습니다.

우리는 노랫말 아련한 선율, 안타까운 사진에 영상에도 눈물을 흘립니다. 진실로 감동했을 때, 분했을 때, 자신도 의식하지 못했을 때 눈물이 한 방울 쭉 흘러내립니다. 때로는 주체할 수 없을

83년생 바보 장민수

정도로 눈물이 흘러내려 콧물이 흘러내리고 흐느끼는 순간이 있습니다.

탈무드에서 읽었습니다.

투명한 유리창은 사물을 통과해 창밖의 풍경을 볼 수 있게 하지만 유리창에 금칠과 은칠을 하면 자신밖에 보이지 않는다고 합니다. 나는 무엇을 보고 있습니까? 당신은 무엇을 보고 있습니까? 우리는 무엇을 보고 있습니까? 그리고 앞으로 무엇을 보고 싶습니까?

꿈은 이루어진다고 했습니다. 생각을 해야 움직여야 행동을 하고 결과를 기다리라고 했습니다. 앞으로 우리에게 어떤 미래가 있었으면 하고, 우리의 미래를 위해 어떤 행동을 스스로 할 수 있을지 생각은 하시는지 묻고 싶습니다.

그리고 항상 저는 생각합니다.

평화. 평화를 주소서 주여.

주님의 은총으로 평화로운 이곳에 태어나 쓸모없어 보이는 잡생각을 하고 꿈을 꾸고, 회한을 하고 다시 깨닫고, 화를 내고, 욕을 하며, 스트레스를 받고, 아무렇지도 않게 똑같은 하루를 보내고 일주일을 보내고, 한 달을 보냅니다. 그렇게 주님의 은총으로 42년이라는 시간을 보낼 수 있었습니다.

지금 글을 쓰다 거실에 누워 잠을 청하는 어머니한테 장난을 치고 잠을 깨우고 돌아왔습니다. 71살의 어머니와 42살의 아들은 장난을 칩니다. 이 시간을 주셔서 감사합니다.

철학 개똥철학

철학(哲學, 고대 그리스어: φιλοσοφία)은 세계와 인간의 삶에 대한 근본 원리, 즉 인간의 본질, 세계관 등을 탐구하는 학문이다. 또한 존재, 지식, 가치, 이성, 인식 그리고 언어, 논리, 윤리 등의 일반적이며 기본적인 대상의 실체를 연구하는 학문이다.

위에 인터넷에서 철학을 정의한 글을 복사해서 붙여봤습니다.
누군가는 정의를 하고 누군가는 그것을 외웁니다. 생각을 해보면 초등학교에 입학해서 가장 많이 기억에 남는 것은 국어 시간, 사회 시간, 역사 시간, 도덕 시간, 수학 시간, 과학 시간이 아닙니다. 기억하려 노력했던 것들이 많이 생각했던 것들이 생각납니

83년생 바보 장민수

다. 각 과목을 하나하나 더듬으면 희미한 기억이 납니다.

사람은 망각의 동물입니다.

보고 듣고 외운 것들을 망각의 섬에 던져넣어 자주 기억을 회상하지 않으면 아무것도 기억해 내지 못하고 현실만 맴돕니다. 그리고는 매일같이 똑같은 생활에 지쳐 자신이 무엇을 위해 사는지 현재 하고 있는 일을 어떻게 시작했는지 전혀 기억해 내지 못하고 의문조차 갖지 않고 그냥 그냥 하루를 살아갑니다.

수많은 자기계발서는 자신들의 경험을 책에 녹여 담아 자신의 부를 과시하고, 경험을 과시합니다. 이 풍요로운 세상에 태어나 빈곤하게 빈곤한 삶을 살지 말고 시간을 쪼개어 사용하고 계획적으로 사용하고 수련하고 단련해 부를 즐기고 살라고 말합니다.

저는 부를 즐기고 살라고 하는 부를 돈이 아닌 시간의 개념으로 사용하는 법을 알았으면 좋겠습니다. 돈의 많고 적음은 개념하기에 따라서 달라집니다. 상대적으로 생각을 하냐? 절대적으로 생각을 하냐? 비교의 비교를 어떻게 하느냐에 따라 얼마든지 우리는 부자가 될 수 있고, 얼마나 가난한 자 빈곤한 자가 될 수도 있습니다.

사람은 철학이 필요합니다.

사람으로 태어나는 기적적인 행운을 우리 모두 얻었습니다. 글을 읽고 말을 할 줄 아는 사람은 기본적으로 복을 받은 것입니다. 장애를 가지고 태어날 확률도 있는데 대다수의 사람은 건강하게 태어납니다. 복권으로 말하자면 우리는 기본적으로 로또 1등의 당첨을 받고 태어난 존재들입니다.

무엇이 증명하냐 하면 생물 시간에 정자가 어떤 확률로 난자와 결합하는지를 보았으면 알 수 있을 것입니다. 천지 창조가 특별한 일이 아닙니다. 생명의 탄생은 기적이며, 기적적으로 우리가 태어나 현재라는 시간을 보내고 있는 것입니다.

현재 어느 곳, 어느 위치에서가 아닌 지구라는 별 곳곳에서 우리는 생명의 탄생을 볼 수 있습니다. 하지만 보지 않고 생각하지 않으면 눈앞에 있어도 보이지 않고 바로 옆에서 말을 해도 귀를 막고 있으면 들리지 않습니다.

대한민국은 인구 절벽의 위기를 경고하고 있습니다. 미국도, 유럽도, 일본도 중국도 우리나라의 출산율을 경고합니다. 알고리즘으로 사람들이 자주 보는 것을 내가 좋아하는 것을 유튜브와 인터넷을 통해 보여줍니다.

대한민국의 출산율이 문제인 것으로 보여집니다. 적어도 그렇게 생각하도록 우리나라 정부가 사회가 알고리즘이 경고하는 것으로 보입니다.

여기서도 철학입니다. 인간이 태어나서 죽음에 이르기까지의 과정을 미리 생각해 봅니다. 결론은 우리는 이미 모두가 자신의 미래를 알고 있다는 것입니다. 나는 곧 죽을 것이라는 것, 우리는 곧 죽을 것이라는 것입니다.

그렇다면 왜 죽을 것을 알며 부를 위해서 자식을 위해서 누군가를 위해서 자신을 위해서 살아야 할까요? 이런 고민 한번 안 해본 사람이 있을지 모르겠습니다.

과거 80년대 대한민국은 지구가 폭발한다는 말을 하며 도시 곳곳에 전광판을 세우며 하나만 낳아 잘 기르자는 표어를 벽에 부착하며 인구를 조절하려 했습니다. 앞으로 다가올 2,000년을 예상할 수 없었습니다. 당시만 바라봤기 때문입니다. 앞으로 다가올 미래를 예상하지 못했습니다. 과거가 어려웠기에 국가의 경제력이 부족해 모든 국민에게 부를 평등하게 전달할 수 없음을 두려워했기 때문에 당시의 인구만 바라봤습니다.

자원이 없는 나라, 가난한 나라, 고기와 쌀을 풍족하게 먹을 수 없는 나라였기 때문에 가족 중 1명이라도 입을 덜고자 자식이 많고 가난한 집의 아들과 딸은 장남이나 특출나게 공부를 잘하는 한 아이를 제외하면 초등학교만 나와 직업 전선에 들어가 일을 해야 하는 나라였고, 심지어 초등학교도 나오지 못하고 가족들을 부양하기 위해 취업 전선에 들어가 주·야간 일을 하여 자신의 오빠의 학비를 대고 동생의 학비를 준비하기 위해 자신을 희생한 수없이 많은 순이와 철이가 있었던 나라였습니다.

현재의 대한민국의 아이들은 전혀 알지 못하는 이야기입니다. 책을 통해, 그리고 방송을 통해 이런 대한민국을 조금은 보았을 수도 있으나 항상 자신의 일이 아닌 남의 일은 충분하게 느낄 수 없는 게 인간이기에 그냥 지나가는 이야기일 뿐입니다.

요즘 TV를 자주 보지 않지만 가끔 보면 과거의 일들은 그냥 지나간 이야기인 것 같고 현재의 대한민국의 위기만 강조되는 것 같습니다.

인구 절벽

인구 절벽입니다. 0.6명의 출산율. 아이를 낳지 않습니다. 불과 40년 전에는 먹여 살릴 수 없어 자식을 남의 집에 식모살이를 보냈던 나라. 낳은 자식을 해외로 수출하는 나라였습니다.

수많은 순이와 철이의 희생으로 현재 우리는 땟거리를 걱정하지 않습니다. 현재 우리나라는 아무 일도 하지 않으면, 최소의 생활을 할 수 없으면 나라에서 최소한의 식사와 보금자리를 제공합니다. 우리나라의 거지가 북한의 거지보다 아프리카의 배고픈 아이들보다 풍요롭습니다.

철학이 없으면, 자신만의 개똥철학을 가지지 못하면 사람은 살아갈 수 없습니다. 사람은 살아서 경제 활동을 하고 자식을 부양하고 사회의 구성원이 되어 사회를 구성하지만 현실은 살아서 몸을 움직이고 있지만 하릴없이 생명의 시간만 소비하면서 어슬렁거리고 매일 똑같은 생활로 삶의 의미를 가지지 못하는 현실입니다.

왜 우리는 행복을 찾을까요?

왜 우리는 부를 원할까요?

왜 우리는 반복이 싫을까요?

왜 우리는 걱정을 할까요?

왜 우리는 사랑을 할까요?

왜 우리는 다툼을 할까요?

왜 우리는 죽을 것을 알면서 치열한 삶의 순환을 끊임없이 반복할까요?

고민이 필요합니다.

남들이 다 정의하여 정해놓은 단어의 해석만 읽으면 안 됩니다. 설탕을 말하면 설탕을 설명할 수 있어야 합니다. 욕을 말하면 욕을 설명할 수 있어야 합니다. 대통령, 정치, 사회, 계층 간의 갈등, 빈곤과 가난, 부.

어떤 단어도 좋습니다.

자신만의 생각으로 단어의 뜻을 설명해 보는 습관을 가졌으면 좋겠습니다. 그리고 자신의 시각으로 생각을 주변과 소통했으면 좋겠습니다.

현재의 세상은 너무 쉽습니다. 나의 생각이 자랄 수 없이 나라는 사람이 알고리즘화되어 나 스스로가 복제되어 나란 존재는 점점 더 희미해져만 갑니다.

컴퓨터와 휴대폰은 선으로 무선으로 연결되어 정보에 접근하는 키워드만 넣어 주면 내가 원하는 답을 순식간에 제공해 주기에 자신의 머리로 생각을 정리하지 못합니다. 예전에 기억하던 수많은 전화번호들을 우리들은 더 이상 기억하지 못합니다.

사용하지 않은 기능은 퇴화됩니다. 7만 년 전의 인간과 현재의 인간은 다르지 않다는 말을 책에서 볼 수 있었습니다.

책은 제목으로 시작해 목차로 나누어지고 각 목차는 수많은 생각들로 채워집니다. 그 생각들을 읽고 뇌는 생각을 합니다. 타인의 생각을 내 생각으로 받아들입니다.

고전이 특별하지 않은 이유는 과거의 그들도 현재의 우리와 다르지 않은 100년이라는 시간의 삶을 살다간 똑같은 고민을 한 사람이 현재 그들의 사회를 기록하고 상상해서 쓴 글이라는 것을 알기 때문입니다.

2,000년 전에도 젊은이는 버릇이 없었고, 현재의 젊은이들도 버릇이 없습니다. 앞으로 미래에도 젊은이는 버릇이 없을 것으로 예상됩니다. 역사는 되풀이되니까요.

사람으로 태어난 순간 우리는 수없이 생겨나는 많은 상황들로 인해 걱정과 고민을 하게 됩니다. 하지만 과연 그 많은 걱정과 고민이 스스로가 해낸 스스로에게 꼭 필요한 걱정과 고민인지 생각한다면 어떨까요?

현재 우리들이 가장 많이 사용하는 카카오톡 유튜브는 다음은 각종 매체들로 정보를 우리들에게 주입하고 있습니다.

소통이 아닌 일방적인 주입과정입니다.

댓글을 통해 우리들의 의견을 남길 수 있지만 읽히지 않으면 우리들이 남기는 댓글은 그냥 데이터로 남다가 곧 사라지게 될 그냥 기억의 조각입니다.

우리는 예전에는 하루 종일 집중할 수 있었으면, 또 예전에는 4시간을 집중할 수 있었으면, 그리고 또 예전에는 1시간을 집중할 수 있었으면 이제는 10분을 집중할 수 없게 된 사실을 인식하고 있는 사람이 얼마나 될지 생각합니다.

대학 입시 때 논술을 하며 주제에 대해 자신의 논리를 구성하여 글을 적을 때 과연 자신만의 의식이 얼마나 그 글에 담겨 있을지요?

우리는 즐기는 것마저도 AI에 의지합니다.

과거에는 게임에도 시간을 들였습니다. 캐릭터에게도 시간을 들여 특징 있는 가상의 캐릭터들을 스스로 만들고 저장하고 불러오는 과정으로 캐릭터에 애정을 들여서 자신만의 기억에 담았습니다. 그러나 지금은 어떠한지요?

바쁘기만 한 우리는 조금의 생각도 할 여유가 없어 보입니다. 게임 속 캐릭터는 자유롭게 선택하지만 전쟁과 사냥은 스스로 하는 게임이 대세가 되었습니다. 게임을 켜놓고 우리는 다른 생각을 하며 친구들과 담배를 피우고 이야기를 합니다. 한 가지에 집중하지 못하고 무엇인가 계속 일을 계속 찾아 헤맵니다.

과연 이런 경향들이 우리들에게 전달하는 메시지는 무엇일까요?

생각을 하지 않으면 우리는 살과 뼈를 가진 육체로 끊임없이 반복적인 행동을 하는 것과 다름없습니다.

살아 있는 이유가 무엇일까요? 왜 곧 죽을 것을 알면서 이렇게 치열하게 삶을 이어갈까요? 책에서 읽었습니다. 건강을 잃으면 모든 것을 다 잃는다는 말의 반박을. 그 반박에 대해서 그리고 사전 조사에 의해서 나온 데이터들로 나는 아무런 반박을 하지 못하고 동의하였습니다.

우리나라의 자살률은 10대에서 30대가 가장 많다는 결과가 건강한 젊은 사람들의 통회의 시간들이 무엇을 의미하는지? 건강은 육체의 건강만을 말해서는 안 될 것이라는 생각이 들었습니다.

정신이 육체를 지배한다는 말이 있습니다.

생명의 탄생의 기적으로 시작해 가족의 사랑을 받고 자라나 자신의 생각을 펼칠 수 있는 건강한 몸을 가지고 사회라는 현실과 직접 마주하자 고민과 걱정이 찾아왔고 삶의 고난을 모르고 자라난 다수의 젊은이는 고난을 겪어 이겨내지 못하고 쉽게 자신의 삶이라는 기회를 포기하는 것으로 생을 마감하고 있습니다.

우리는 알아야 합니다.

우리에게 너무나도 많은 것이 주어져 우리들은 쓸모없는 많은 것을 가지려고 노력하고 비교와 비교를 통해 남의 것을 너무도 많이 탐하고 있다는 것입니다.

세상의 부는 한 번도 이동한 적이 없습니다. 언제나 그 자리 그곳에 멈춰 서 있습니다.

지구의 질량이 눈에 띄게 변한적이 없으니까요!

부는 항상 그 자리에 있습니다. 움직이는 것은 사람입니다.

부는 필요한 사람에게 공평하게 주어집니다. 하늘은 많은 책임, 즉 큰 십자가를 지고 가야 하는 사람에게는 많은 자본과 일을, 적은 십자가를 지고 가야 하는 사람에게는 적은 십자가를 주께서 주셨습니다.

하지만 사람은 단순히 비교를 위한 비교를 합니다.

모든 것이 공개된 듯 보이는 지금의 세상에 철학이 필요한 이유는 다름 아닌 너무 많은 정보들로 인해 우리들이 우리들 스스로를 너무나도 모르고 있다는 이유에서 기인합니다.

나도 모르는데 남과 비교를 위한 비교를 하고 있습니다.

지금 무엇인가 원하고 있다고 생각하는 것이 있다면 과연 정말로 그것이 필요한가 생각해 보았으면 좋겠습니다.

그렇다면 생각해 봤다면 알게 되었을 것으로 생각됩니다. 지금 필요해 보이는 것 대부분 이미 가지고 있는 것들이라는 것입니다.

우리 대한민국은 이미 세계 10위권의 경제 대국이기 때문입니다. 위를 향해 하늘을 향해 시선을 정하면 우리들이 가야 할 길은 너무나도 멀어 보입니다. 그렇다면 땅을 향해 시선을 두면 어떨까요? 사실 우리들이 두 다리를 두고 있는 곳은 다름 아닌 땅인데 말이죠?
먼 곳을 바라볼 때는 바라봐야 합니다. 거리를 가늠할 때 말입니다. 하지만 가까운 곳도 봐야합니다. 먼 곳만 보고 걸음을 내딛다가는 벽에 부딪히고 말 것입니다.
내 시선과 생각으로 보아야 하고, 내 생각으로 생각해야 합니

83년생 바보 장민수

다. 요즘 유튜브에는 수없이 많은 가짜 지식인들이 나오고, 과거의 철학자들이 지어낸 글들이 현재의 철학자들의 글로 새로 태어나 지식으로 철학으로 태어납니다.

뉴스에서 나오는 소식들이 유튜브의 소식들이 과연 우리에게 필요할 것일까요? 분명한 것 중 하나는 알고리즘을 통해 전달된다는 것과 현재의 보이지 않는 존재들이 우리들에게 전달하고자 하는 메시지라는 것입니다.

현재 우리들은 과거보다 집중하지 못합니다.

무언가에 집중하려고 하면 곧 새로운 것이 나와서 새로운 소비를 하라고 부추깁니다. 휴대폰은 멀쩡하고 좋지만 새로운 휴대폰이 새로운 디자인 기능으로 또다시 유혹합니다.

스마트워치는 시간보다는 건강을 지키라고 유혹하고, 무선이어폰은 줄이 없는 편안함과 다양한 기능으로 편리함의 대가로 돈을 새로 내어 현재 가지고 있던 것을 버리고 새로 사라고 유혹합니다. 과연 이것들이 우리들에게 필요한 것일까요?

우리들은 이미 위에서 나온 물건들을 소유하고 있습니다. 소유란 인간으로서 소유할 수 있는 육체적인 소유가 있고, 정신적으로 소유할 수 있는 정신적인 소유가 있습니다.

육체적인 소유는 제한적입니다. 저는 한때 외모를 가꾸는 것이 중요하다는 생가에 빠져 옷을 소유하려고 한 적이 있습니다. 넥타이는 200여 개, 셔츠는 400여 개, 바지는 100여 벌이 있습니다. 속옷도 100여 벌을 가지고 있고 양말은 100여 개가 있어 낡으면 버리고 또 사서 채우는 과정을 반복했습니다.

그러다 또 깨달았습니다.

우리들이나 부자들이나 다름이 없다는 사실을 말입니다. 저나 재력을 가진 기업인이나 똑같습니다. 소재가 각각 다른 팬티 한 장과 셔츠 한 벌, 바지 한 벌을 입고 다닌다는 것입니다. 저도 아침 점심 저녁을 먹고, 부자도 같은 식사를 합니다.

저도 24시간을 살고, 부자도 24시간을 산다는 것입니다.

수치로 표시되는 통장의 잔고는 비교도 안 되게 차이가 나겠지만 두 사람 모두 껌 한 통을 사기 위해서는 1,000원을 지불해야 한다는 것, 한 번에 한 가지 행동밖에 할 수 없다는 것은 동일합니다.

제가 형에게 아버지 병원비로 10만 원을 이체합니다.
부자가 사업 상대에게 1억 원을 비용으로 이체합니다.
숫자만 다를 뿐 같은 행위입니다.

부자는 가난한 이의
시간을 삽니다

큰 회사에서 직원을 고용하여 일을 시키기 위해 통근
버스와 점심 식사를 제공하는 이유는 고용한 직원의 시간을 빈틈
없이 사용하기 위해서 하는 특별하지 않은 행위입니다.

우리는 많은 사람들의 시간이 담겨 있는 물건들을 사용하고 버
립니다. 버스를 탈 때 버스에 회사에 감사하기보다는 운전해서
우리를 안전하게 원하는 목적지에 데려다주시는 점에 기사님의
노력에 감사를 전하고, 식당에 가서는 완성된 완벽한 요리에 감
사하기보다는 음식을 조리해 주시는 조리원에게 감사를 드리는
것이 더 합당합니다. 직접 자신의 시간을 다른 사람을 위해 사용
해 우리들을 더 편하고 좋은 세상을 만들어 주시는 모든 분들에

게 감사를 드려야 합니다. 우리는 아무 생각 없이 사회의 모든 서비스를 이용합니다.

본질적으로 육체적으로 이루어지는 행위는 부자나 저나 한 번에 한 가지밖에 할 수 없습니다.

하지만 정신적인 행위는 자신이 원하는 한도에서 무한대로 할 수 있습니다.

인간 수명 100년이라는 시간 속에서 하고 싶은 모든 것을 할 수 있습니다. 제가 이 말을 한다면 반박이 있을 줄로 압니다. 돈이 있어야 모든 것을 할 수 있다는 반박 말입니다.

맞는 말입니다. 돈이 있어야 할 수 있는 것이 있습니다.

하지만 모든 것이 돈이 있어야 할 수 있는 것이 아닙니다. 돈이 있어도 할 수 없는 것은 부자들도 지식인들도 이 세상 속 제가 가지고 있는 생각, 나만의 자신만의 생각은 돈으로 가져갈 수 없습니다.
탈무드는 재미있는 책입니다. 철학은 재미있는 장르의 책입니다. 성경은 재미있는 책입니다. 논어는 재미있는 책입니다. 사서삼경은 재미있는 책입니다.

저는 이것들을 제 머릿속에 시간이 허락할 때마다 주워 담습니다.

서점은 재미있는 놀이터입니다. 적은 돈을 들여서 부자들의 생각을 읽을 수 있습니다. 철학자들의 생각을 읽을 수 있습니다. 책은 대부분 성공한 사람들의 인생을 기록하고 역사를 기록합니다.

저는 저의 생각이 부자들과 닮아 있음을 느낍니다. 저는 부자입니다.

제가 부자로 저를 정의했을 때 부자가 되었습니다.

세상은 부자들과 비교해 자신의 부를 증식하라고 유혹합니다.

그렇게 해야지만 사람들은 일을 할 것이고 그 결과 우리는 주님의 부름을 받는 것이 아닌 사람인 부자들의 부림을 받게 되는 것입니다.

꼭 필요한 만큼만 물질적인 소유를 하면 되고, 꼭 필요한 만큼 정신적인 소유를 하면 됩니다.

하지만 정신적인 소유는 무제한이라서 자신이 채우고 싶다고 채워지는 것이 아닙니다.

인생을 살아봤으면 알 것입니다.

걱정과 고민이라는 것이 해결된 적이 있느냐 생각해 보면 알 것입니다. 문제는 문제일 뿐, 사실처럼 보일 뿐, 사실 문제가 아닙니다.

문제는 시간이 지나면 모두 해결이 됩니다.

내가 해결하고 남이 해결하고 그 누군가가 해결합니다.

문제를 해결하고 싶어 하는 사람이 나서서 잘 해결하도록 우리는 뒤에서 도와주면 됩니다. 무슨 이렇게 무책임한 말을 하냐고 하는 사람들이 분명히 있을 것 같습니다.

사실 무책임한 말이 맞습니다.

저는 이 무책임한 말에 대해 이렇게 이야기하고 싶습니다. 과연 당신이 당신이 존재하는 지금이 아닌 100년 후의 우리 사회, 지구에 대해 책임을 질 수 있느냐고? 묻고 싶습니다.

이것 또한 무책임한가요… 그러면 다시 말하겠습니다. 1년 뒤를 책임질 수 있습니까?

…그러면 다시 말하겠습니다. 1달 뒤를 책임질 수 있겠습니까? 한 달 뒤는 책임질 수 있겠죠… 적어도 한 달 뒤는 책임질 수 있기에 반박을 할 수 있다고 생각합니다.

철학이 필요합니다.

자신이 만들어 낸 자신들 만의 개똥철학 말입니다.

인생은 길고, 어찌 보면 너무나도 짧습니다. 성경을 읽으면 과거 인간은 100년 이상 1,000년도 살았다고 하는데 어떤 의미에서의 1,000년이었을까요? 나는 궁금합니다.

지금의 세상, 그리고 내가 생물학적인 수명을 다하고 사라질지 아니면 영원한 삶이 있는 그곳으로 가게 될지 궁금합니다.

궁금하다고 해서 때가 아닐 때 답을 요구하는 것은 제가 할 수 있는 제 권한이 아닌 것 같습니다. 왜냐하면 저는 제 삶을 포기하려고 한 적이 있기 때문입니다.

삶이 힘들고 괴로워 편안하고 싶다는 말을 되뇌며 삶을 포기하려고 세 번의 시도를 했지만 저는 살아남았습니다.

아무리 삶을 포기하려 해도 삶은 이어집니다. 그래서 수명은 인간이 관여하여서는 안 되는 것임을 다시 한번 깨닫게 되었습니다.

자신의 수명을 남에게 맡겨서는 안 되고 남에게 맡기는 순간

제 수명은 제 것이 아니게 된다는 것을 깨달았습니다.

주의 뜻인지 모르겠습니다.

저는 수많은 시험을 받은 것 같습니다.
괴로웠고 고통스러워 피하고 숨기 바빴습니다. 그렇게 숨기 위해 강한 척을 하고, 보여주기 위해 필요하지도 않은 것을 끊임없이 소유하려고 하였습니다.

그렇게 결국 이 모든 것이 내가 살다 가는 수명 안에서 가질 수 있는 것이 있고 없음을 깨달았습니다.

그래서 대부분 원하지 않습니다.

하지만 끊임없이 세상은 새로운 것들로 제게 새로운 욕구가 태어날 수 있게 유혹에 유혹을 합니다. 저는 또 생각을 하고, 또 생각을 합니다.

가끔은 이기고 가끔은 유혹에 지고 맙니다. 그것이 인생이라는 생각이 들었습니다. 완벽하지 않은 결과물, 그것이 유한한 인간 삶의 본질이 아닌가 생각합니다.

불완전하기에 의미가 있는 인간의 삶.

완전하기에 영원하기에 외로운 우리 주님의 삶.

저는 이렇게 생각합니다. 주님은 끝없이 우리를 탄생하게 하시고, 끝없이 우리를 거두어 가십니다.

탄생 때는 기쁨의 눈물을 흘리시고, 죽음 때는 슬픔의 눈물을 흘리십니다.

저라면 그럴 것 같습니다. 성경 말씀에 하느님의 본을 떠서 만든 인간이라는 말에서 그렇게 생각해 봅니다.

저에게 주님의 권능이 있어 모든 것을 소유하고 영원불멸하라고 하면 저는 싫을 것 같습니다. 사랑하는 모든 사람을 다 떠나보내고 또다시 새로운 사람들과 사랑을 하고 또 떠나보내는 것은 제가 감당할 수 없는 그릇입니다.

그런 마음들을 생각하기에 저는 주님을 믿고 찬미합니다.

성가대에서 주님을 찬양하는 노래를 부릅니다.
책을 볼 수 있을 때는 책을 보고, 가만히 있을 수 있을 때는 주님께 기도드리고 대화를 하려고 합니다. 제 속에서 끝없이 솟아나는 질문들을 주님께 해봅니다.
언제나 지겨운 제 물음들을 주님은 묵묵히 제 말들을 들으시고 주님께서 필요하다 싶으신 것은 알려주시고 필요 없는 잡생각이라고 생각하시면 망각의 은총으로 거두어 가신다고 생각합니다.

걱정은 멀리 있을 때 커 보입니다.

고민은 멀리 있을 때 두려워 보입니다.

하지만 걱정과 고민은 직접 마주하면 대부분 사라집니다.

요즘의 세상이 너무나도 많은 것을 사람들에게 알려주어 주님은 점점 더 세상 속에서 멀어져 가는 것 같습니다. 주님은 저희들에게 자유의지를 주셨습니다.

그렇지만 저희들은 스스로 자신의 의지를 포기하고 버립니다. 건강한 10대의 30대의 젊은이가 주님이 부르지도 않으셨는데 스스로 자신의 목숨을 거두어 가달라고 그분께 간청을 올려서 주님은 슬프지만 우리의 의지를 받아들이시고 그 마음이 하늘에 닿으면 받아들이십니다.

주님은 저희들이 원하는 것은 무엇이든 들어주십니다.

다만 슬퍼하시고, 힘들어하십니다.

사랑하는 자녀들의 잘못된 선택과 욕심에 대해서 힘들어하십니다. 그래서 가끔은 하늘의 벌도 내립니다.

저는 그것을 코로나로 봅니다. 세계화로 모든 것이 연결된 세상에 단절을 주셨습니다. 병은 두려움으로 서로 간의 거리를 만들었고 국가 간의 단절을 주었습니다. 종교의 단절도 주었습니다.

마스크를 낀 얼굴은 서로의 표정을 알 수 없게 했고 무자비한 인간들이 서로를 경계하고 싸우게 만들었습니다.

다행히도 3년의 시간이 흘렀고, 연일 이어지던 코로나 뉴스가 방송에서 사라지고, 유튜브에서 사라지게 되었습니다. 국가 간의 문은 다시 열렸고, 우리는 다시 풍요로움을 즐깁니다.

우리는 깨달아야 합니다. 본질을 보아야 합니다. 철학해야 합니다.

스스로의 생각을 구성하는 논리회로를 구성하기 위해 책을 읽고 소통하여야 합니다.

전쟁 그리고
일상으로의 복귀

개인적으로는 성공하고 싶다는 욕망이 없습니다.

성공이라는, 부라는 허상의 진실을 알고 있으니까요? 하지만
어머니의 회한을 듣고 있으면 무슨 일이든 해야 하겠다는 생각도
듭니다.

어머니는 우리나라 산업화의 역군이었습니다. 우리는 부모님
세대의 고난과 고통을 제대로 이해하지 못합니다. 그리고 우리의
다음 세대인 20대 그리고 10대는 모를 것입니다.

항상 진실로 말하는 것은 나도, 그리고 각각의 세대는 자신만
의 고난을 필연적으로 겪고 자신의 삶을 산다는 것입니다.

이승만 대통령 시절 우리는 남북한의 전쟁을 겪었습니다. 북한

의 침입으로 인해 우리는 수도 서울을 빼앗기고 낙동강 전선까지 후퇴한 적이 있습니다. 그렇게 배웠습니다.

전선의 상황은 절망적이었고 자유 대한민국은 북한의 적화 통일의 계획안에 평화를 잃을 위기에 처했습니다.

당시만 해도 공산주의의 물결이 우리나라를 뒤덮을 기세였고 우리나라 자력으로는 그 위기를 이겨낼 수 없었습니다. 절망적인 그때 미국과 UN군이 자유를 지키고 민주주의를 수호하기 위해 참전해 우리나라 곳곳에 수많은 피를 흘렸습니다.

그들은 어떤 마음에서 자진해서 전쟁터에 나왔을까요?

우리나라 입장에서, 도움을 받는 입장에서는 너무나도 고마운 일이었지만 참전한 각국의 어머니들의 마음은 어떠하였을지 생각해 보면 고맙고 미안한 마음이 동시에 드는 것 같습니다.

군인 대부분은 남자이고, 나이는 20대의 청춘을 보내고 있는 사람이 대부분이었습니다. 우리나라는 스스로 군인을 수급하기 위해 학도병까지 모집해서 전선으로 보내었습니다.

무기와 전력이 부족한 상황에서 전선에서 더욱 밀려나지 않으려면 사람으로 막을 수밖에 없었습니다. 남북한 통틀어 수십만의 군인이 전사하였습니다. 통계에 잡히지 않은 수많은 사람이 무고하게 목숨을 잃었고 가족을 잃었습니다.

이것이 변하지 않는 진실이고 전쟁의 결과입니다.

사람은 태어나면서 곧 죽음을 경험할 것이라는 것을 압니다.

예전에 책에서 읽었습니다. 부처의 아버지는 자신의 아들이 왕권을 잇도록 하기 위해 부처가 되지 않게 하기 위해서 모든 슬픔과 고통이 없는 환경을 보여주려고 노력했지만, 자신의 목적을 이루어 내지 못했습니다.

부처는 부처가 되기로 선택했고, 수행을 하여 원하는 목표에 도달했습니다.

세상에 존재하는 것은 사실 공허합니다.

살아 있는 것은 정신입니다. 정신이 살아 있어 육체를 움직이는 것입니다.

남의 땅을 빼앗아 무슨 큰 이득이 있었을까요?

남의 재산을 빼앗아 무슨 삶의 큰 변화가 있을 수 있을까요?

전쟁은 한 개인이 한 집단의 오판이 일으키는 그들의 고집과 아집에 의해서 일어나는 집단 폭력의 현실입니다.

전쟁은 현실입니다. 남과 북 전쟁의 결과 패전국 일본은 미국의 병참기지로써 선택을 받아 국가 산업을 다시 일으킬 수 있는

83년생 바보 장민수

재도약의 기회를 얻었고, 남의 전쟁을 철저하게 이용해 부서진 2차대전 패전국 일본을 세계 경제 2위의 경제 대국으로 일어서는 발판을 얻었습니다.

전쟁은 적국과 아국을 가르지 않고 서로를 피폐하게 만듭니다.

전쟁이 일어나면 주변국만 부자가 됩니다. 무기를 팔아서, 식료품을 팔아서, 생명의 피를 팔아서 부자가 됩니다.

현재 이스라엘과 팔레스타인의 전쟁, 러시아와 우크라이나의 전쟁을 봅니다. 뉴스를 통해 유튜브를 통해 우리는 전쟁의 참상을 봅니다. 듣습니다.

하지만 자극적인 영상에 우리는 익숙해져 있습니다. 그러하기에 눈으로 보고 들어도 전쟁의 참상을 이해하지도 느끼지도 못하고 그냥 바라 볼 뿐입니다.

남의 이야기일 뿐입니다.

6.25 전쟁은 1950년도에 일어났습니다. 저는 정확한 연도를 기억해 내지 못하고 6.25라는 단어만 기억하고 있었습니다. 분명히 초등학교 때쯤 공부했을 텐데 말이죠… 사람은 타인의 고통에 무감각하지 않지만 익숙함에 물들어 버린, 평화로움에 물든 저는 자국에서 일어났던 전쟁의 해당연도도 모릅니다.

아이러니 하세도 우리나라가 다시 일어 날 수 있었던 게기도 전쟁이었습니다.

1955년에서 1975년간 베트남에서 일어난 남베트남과 북베트남의 전쟁 때 우리나라는 이번에는 병참기지이자 파병 국가가 되었습니다. 1964년에서 1973년간 4차의 걸친 파병이 있었고 전쟁의 피해국에서 전쟁의 가해국이 되었습니다.

남베트남 자유 진영으로 참전했습니다. 미국의 요청으로 우리나라는 참전했고 우리는 남과 북의 전쟁에서 체득한 전쟁의 기억으로 베트콩들을 학살했고 민간인들도 학살했습니다.

사실 전쟁에서는 군인과 민간인의 구분이 없기 때문입니다. 총을 들면 군인이요, 민가에 숨어 있으면 민간인으로 보였습니다.

당시 우리나라 군인은 전쟁을 두 눈으로, 살과 피로 경험했고 전쟁의 속성을 너무나도 자세하게 알고 있었습니다. 본능적으로 살기를 느낄 수 있고 적의를 느낄 수 있었습니다.

이런 본능으로 수많은 전공을 이뤘지만, 우리나라 입장에서의 전공이지 침략을 당한 국가의 입장에서는 피와 살이 떨어져 나가는 인권의 바닥을 느끼는 현실이었습니다.

그런 수많은 피를 뒤집어쓴 대한민국 군인은 고엽제로도 전쟁의 잔인한 기억에 의한 후유증으로 몸과 정신을 상처 입고 귀환해 일상적인 삶을 살지 못하고 항상 전쟁이 일어날 것 같은 두려움을 겪고 자신의 수명이 다할 때 죽어갔습니다.

우리나라는 전쟁에서 또 다른 전쟁으로, 그리고 민주주의라는 꽃이 피어나기까지 수많은 피를 흘려야 했습니다.

부마항쟁 군부 쿠데타까지 현재의 BTS와 블랙핑크가 있기 전에 「오징어게임」이 있기 전에 우리나라는 빛나는 교육열로 자기희생으로 자신의 목숨을 담보로 대한민국을 지키고 일으킨 수많은 현재는 노인이 된 대한민국 국민의 희생과 UN군 미국의 희생과 도움이 있었기 때문에 현재의 평화로운 사회가 조금씩 만들어질 수 있었습니다.

이것이 제가 기억하고 알고 있는 우리나라의 과거에 대한 기억입니다.

현재의 대한민국이 있기 전에 희생한 수많은 그리고 현재까지도 전선에서 우리 국민을 위해 경계를 서는 대한민국 군인이 있기 때문에 우리는 내일은 무엇을 할까 생각을 하고 따분한 일상을 당연하고 지겹게 생각할 수 있습니다.

우리나라는 다른 나라들이 100여 년에 이룩한 산업화를 반세기 만에 이루어 냈습니다.

요즘에 전태일을 기억하는 사람이 있을까요?

부마항쟁을 기억하는 젊은이가 있을까요?

사람은 자신의 고통에는 민감합니다. 타인의 고통에도 무감각
하지 않습니다. 하지만 기억을 주제로 이야기하자면 기억은 자신
에게만 존재하는 것 같습니다. 그리고 자신의 기억을 바탕으로
각자가 느끼는 경험 또한 극과 극을 이루는 것 같습니다.

현재의 젊은이는 살벌한 취업 전쟁을 겪고 있습니다.

취업 실패로 인해 1년에도 수많은 젊은이가 자살합니다.

취업을 해도 괴롭고 힘든 환경으로 인해 고통을 견디거나 이겨
내지 못하고 자신의 목숨을 허황되게 버립니다.

이순신 장군은 죽고자 하면 살고, 살고자 하면 죽는다 하며 자
신의 생명은 돌보지 않았고 그의 군사들 또한 자신의 목숨은 돌
보지 않고 나라의 평안과 안녕을 위해 임진왜란을 승리로 이끌
었는데, 그들 또한 죽음의 공포를 느끼지 않을 수 없었을 텐데 공
포를 결기로 바꿔서 전쟁에서 승리했는데 우리는 12년 의무교육
동안에 헛것들을 배웠나 봅니다.

저의 어머니로부터 우리나라가 외국의 원조를 받아 산업화를 이

83년생 비보 장민수

루어 내는 이야기 대한민국의 여공으로 주·야간 일을 하는 동시에 자신의 동생과 키워냈던 이야기를 수없이 들을 수 있었습니다.

과거의 세대 지금의 노인이 존재하기에 현재의 풍요가 있을 수 있었습니다.

저희 부모님의 희생이라는 시간이 사용되어 저희 3형제가 먹고 공부를 할 수 있었습니다. 공부를 시키기 위해 자식들을 집에 두고 파출부와 건설 현장에 일꾼으로 비와 바람과 태양 빛에 피부를 태워가며 일하신 과정이 있었고 성인이 되어서 저는 스스로의 경험으로 일로 과거의 사람들이 한 경험을 직접 눈으로 볼 수도 있었습니다.

당시 어머니는 겨울철 연탄 배달비를 아끼기 위해, 연탄 한 장 값에서 5원을 제하기 위해 스스로 여자의 몸으로 연탄을 이고 와서 돈을 아끼고 우리 자식들을 따뜻한 방에서 지낼 수 있게 해주었습니다.

현재 대부분의 아이들은 연탄보일러를 모를지도 석유 곤로를 모를지도 모르겠습니다. 저 또한 지나간 일이라고 기억을 회상해야 떠오르니까요…

현재는 기름보일러 도시가스를 이용한 보일러가 당연해 보입니다. 당연한 것이 당연하기만 하지 않은데 말이죠. 지나간 일일 뿐입니다.

성공하고 싶다는 욕심, 무언가를 탐하는 욕심이, 사람의 욕심이 사람을 움직이게 합니다.

기본적인 욕구에서 출발해 생리적인 욕구를 해결하게 되면 인간으로서 이룰 수 있는 부와 명예를 탐합니다.

이미 다 가졌는데 더 가지려고 합니다. 정말로 필요해서 원하기보다는 비교를 위한 비교로 필요성을 고민합니다. 생명을 얻어 태어난 모든 인간은 고난을 겪습니다.

내 기억에서 없다고 해서 없었던 일이 아닙니다. 내가 경험하지 못했다고 해서 없는 순간이 아닙니다. 생명을 얻어 태어난 모든 인간은 고난을 겪는 것이 당연합니다. 고난이 나를 더욱더 강하게 만듭니다. 견뎌내기만 하면 나는 더욱 강해집니다.
하지만 고난은 하나가 아니라서 당장 닥친 고난을 이겨내면 또 다른 고난이 찾아옵니다.

‘성공했다’, ‘부자다’라는 것은 자신이 의식하기 나름입니다.
우리나라는 이번 한 세기 동안 세상을 놀라게 하는 일들을 연속적으로 보여주고 있습니다.

한때 세상은 전쟁으로 피폐해진 우리나라 강산을 보고 부유했던 나라들은 이 나라에는 아무것도 없다. 앞으로 미래가 없다고 말했습니다.

하지만 우리들은 보란 듯이 사람을 자원으로 팔 수 있는 모든 것을 팔아 자원을 만들고, 자원을 수입해서 가공해서 팔고, 남의 기술을 눈으로 훔쳐서 우리의 기술로 만들어 팔았습니다.

그리고 이제는 우리의 것을 창조하여 전 세계에 전달합니다. 석유화학, 기계공업, 전기, 반도체, 자동차를 팔던 우리나라는 영화와 음악 문화를 파는 나라가 되었습니다.

우리는 현재 평화로운 일상을 살고 있습니다. 일상이라는 평화의 결과물을 누리고 있습니다. 하지만 전쟁이 사라진 50년의 세월 만에 모든 기억을 잊어버리고 전쟁은 남의 이야기로 생각하고 하루하루를 살아갑니다.

믿음

아침 6시 30분, 아니 그보다 일찍 일어났습니다. 하지만 몸의 컨디션을 조절하기 위해 조금 더 누워 있기로 결정했습니다. '10분만 더, 10분만 더' 하다가 6시 47분 회사 출근 시간 알람에 맞추어 일어났습니다. 오늘은 주일인 일요일입니다.

오늘 저는 환호송을 해야 합니다.

어제 잠깐 환호송의 내용을 캡처했고, 눈으로 읽었고, 아침 일찍 성당에 가서 연습하려고 마음을 먹었습니다. 미사는 10시 30분에 시작하지만 8시 30분에 하는 30분간의 레지오가 있었고 저는 출근할 때와 같은 시간에 일어나 샤워를 하고 성당을 향해 운전했습니다.

성당에 도착하니 7시 50분이 조금 넘었었고 약 10분 정도 오늘의 성가를 연습하는데 제 대부님의 부인이시자 제 대모님이신 세실리아 대모님의 소리가 들렸습니다.

가톨릭에서 세례를 받을 때 남자는 자신의 대부님을 얻게 됩니다. 그리고 여자는 대모님을 얻게 됩니다.

사실 그래서 세실리아 자매님이라고 하는 게 맞는지도 모르겠습니다. 다만 저를 아들처럼 생각해 주시고 아들이라고 불러주시는 대모님을 어머니라고 넙죽 말할 수 있는 넉살이 없기에 차선책으로 대모님이라고 생각하고 혼자 불러봅니다.

원래 부끄러움이 많고 넉살이 없는 편이라서 주변 사람들에게 먼저 친하게 다가가지 못하는 편입니다. 사회에서는 별로 사람들과의 관계를 맺으려 하지 않는 편입니다.

교회에 와서도 하느님만 믿고 따르려 했습니다. 미카엘이라는 이름은 제가 믿는 얼마 안 되는 사람 중 한 분에게서 천사처럼 살자고 미카엘이라는 이름이 어떻냐는 권유에 저는 그렇게 살고 싶다고 그 이름을 선택했습니다.

성당에서 하는 공식적인 미사 외에는 가급적 참석하지 않으려 했습니다.

제가 믿는 하느님을 조금 더 가까이 만나기 위해 성당을 가는 것이지, 사람들과 관계를 맺기 위해 성당에 가는 것이 아니기 때문입니다.

이제 성당을 9년 정도 다녔고, 그 시간 덕분에 의도하지 않았는데 많은 사람을 알게 되었습니다.

하지만 여전히 변하지 않는 제 마음은 가능한 인연을 늘리지 말자는 생각입니다.

사람을 믿는다는 것은 믿음에 대한 배신의 상처를 항상 대비하고 있어야 스스로의 마음이 상처를 입지 않는다고 생각하기 때문에 항상 사람들과의 적당한 거리는 필요하다고 생각합니다.

믿음은 순수해야지 가질 수 있습니다.

자신과는 다른 누군가를 믿는다는 것, 마치 목숨을 거는 것과도 같습니다.

저는 이미 제 목숨을 하느님께 드렸기 때문에 삶에 대한 미련과 두려움이 없습니다. 하지만 반복되는 인생에서는 있었던 일이 얼마든지 또 일어날 수 있기에 관계를 맺기보다는 거리를 두고 뒤에서 바라보며 자연스레 이어지는 인연들을 소중히 여기려고 합니다.

또다시 믿음에 대한 상처를 받기는 싫습니다.

환호송을 연습했습니다. 환호송과 화답송은 하느님의 말씀을 신자들에게 선포하는 과정입니다. 적어도 그 순간 하느님과 일체화된다고 생각합니다.

환호송을 하는 순간은 제가 하느님의 도구가 되어 제 몸을 하느님께 드리는 순간입니다.

제 입을 통해 하느님의 말씀이 신자들에게 전달되는 것입니다.

저는 발음이 좋지 않습니다. 어릴 때부터 지적을 받았습니다. 그렇습니다. 저는 불완전한 존재 사람입니다. 40년을 살았으니 앞으로 얼마나 더 저에게 시간이 주어질지는 모르겠습니다.

저는 하느님의 도구가 되기로 결정했습니다. 선택했습니다.

어떤 위대한 사람의 도구가 아닌 하느님의 도구가 되기로 결정했습니다.

사람은 100년 이상을 삶을 이어가지 못합니다. 얼마 전에 이건희 회장님이 돌아가셨습니다.
얼마 전에는 신춘호 회장님이 돌아가셨습니다.
얼마 전에는 김우중 회장님이 돌아가셨습니다.
얼마 전에는 정주영 회장님이 돌아가셨습니다.
얼마 전에는 노무현 대통령님이 돌아가셨고, 얼마 전에는 박정

희 대통령님이 돌아가셨습니다.

얼마 전에는 세종대왕님이 돌아가셨고, 얼마 전에는 광개토 대왕님이 돌아가셨습니다.

얼마 전에는 단군왕검이 돌아가셨습니다.

그렇습니다. 인간에서 100년 1,000년은 예상할 수 없는 긴 시간입니다. 하지만 1,000년의 시간도 하느님에게는 찰나의 시간과 같습니다.

어느 위대한 우리나라 사람도 외국 사람도 태어나면 반드시 원래 왔던 곳으로 돌아갑니다. 인간의 삶은 시작하고, 성장하고, 노쇠하다가 육체의 살과 뼈는 태워져 먼지로 흩어집니다.

사람이 하느님처럼 영원하기 위해서는 정신으로 살아남아야 합니다.

저는 앞에서 이미 돌아가신 분들의 이름을 나열했습니다. 앞선 분들은 저보다 먼저 세상에서 빛을 보고 태어나셨다가 저보다 먼저 어둠 속으로, 영혼의 세계로 돌아가신 분들입니다.

제가 사람으로서 좋아하는 분들입니다. 사람으로서 존경하지만 찬미하지는 않습니다. 사람으로 태어나 찬미와 영광을 드릴

83년생 바보 장민수

수 있는 분은 하느님 한 분밖에 존재하지 않는다고 생각하기 때문입니다.

왜냐하면 하느님은 저의 부모님을 만들어 주셨고 제 부모님의 부모님을, 그 부모님의 부모님을 만들어 주셨기에 그 생명의 순환이 이어져 제가 생명을 얻었기 때문입니다.

모든 존재가 있기 전에는 항상 토대가 되는 것이 있습니다.

모방은 창조의 어머니라고 하는 말이 있습니다. 모든 모방이 있어서 창조가 이루어진다는 것입니다. 저는 이 말을 이렇게 생각합니다.

모든 것이 있기 전에 모든 것이 있었다. 원래 있던 것을 우리는 찾아가는 과정이라고 생각합니다.

사람은 어떤 경험을 했고 자랐느냐와 문화에 따라서 같은 말도 다르게 하고 듣습니다. 저는 아웃사이더입니다. 생각을 다르게 해봅니다. 모든 모방을 보고 새로운 것을 만들었다는 말은 맞지 않다고 생각합니다.

우리 사람들이 자연을 보고 세상을 보고 창조해 내었다고 하는 것들은 잘못되었다고 생각합니다. 창조란 하느님밖에는 할 수 없는 것이라고 생각하기 때문입니다.

모든 것은 하느님의 권능에서 태어나고 사라지기를 반복합니다.

우리는 자연재해를 봅니다. 우리 인간에게서는 재앙일 수도 있고 기회일 수도 있습니다. 제가 태어나고 현재까지 봐온 일본은 수많은 자연재해를 입었고 저는 매번 재난에 피해를 입는 일본을 볼 수 있었습니다.

일본은 자연재해에 대한 대비가 잘되어 있습니다. 하지만 일본은 어디까지 하느님께서 허용해 주시는 선에서 대비할 수 있었습니다. 진도 7~8의 진앙을 견디는 일본의 건물도 그것을 뛰어넘는 지진이 일어나면 무너졌습니다. 땅이 뒤집힌 후에는 바다의 파도가 밀려들어 일본을 집어삼킵니다.

일본뿐만 아닙니다. 커다란 대륙 미국에서는 매번 허리케인이 발생하고, 동남아시아에서 태풍이 발생해 매해 여름마다 우리나라와 중국 일본을 휩씁니다.

우리는 알고 있습니다.

먼저 대비는 할 수 있어도 앞으로 있을 피해는 예측할 수 없다는 것입니다. 우리는 삶을 살아가며 수도 없는 시련을 겪습니다. 그래서 가끔 성공하고 많은 경우는 실패를 겪습니다. 일찍 성공에 이르면 노후가 재미없어집니다. 하느님 비슷한 권능을 일찍 얻었기 때문입니다.

돈으로 할 수 있는 것들, 얼마나 편하고 재미있을까요? 순간은 재미가 있을지 모르겠습니다. 그 순간이 지나면 어떠할까요? 어떤 기분이 들까요? 무한히 이어지는 똑같은 나날들, 사람으로서는 견디기 힘든 나날입니다.

무한히 큰 부에는 그만큼의 책임이 따릅니다.

무엇이든 자신이 집중해서 만들어 갈 것을 찾는 사람은 행복한 사람입니다.

한 번뿐인 인생을 한눈팔지 않고 집중해서 노력해 살 수 있기 때문입니다.

제가 앞에서 열거한 우리나라의 영웅들은 인간으로서 누릴 수 있는 정점의 권력과 부를, 능력을 얻었던 사람들입니다. 자신 앞에 다가오는 수많은 고난을 슬기와 지혜로 이겨내신 분들입니다. 현재의 대한민국이 지금의 위치에 있도록 자신이 할 수 있는 모든 것을 실현하신 분들입니다.

그렇지만 저는 저분들을 찬미·찬양하지는 않습니다. 부러워하지도 않습니다. 저분들의 재능과 재산을 탐내지 않습니다.

왜냐하면 나와 같이 100년의 삶을 살다 먼저 하늘나라로 돌아가신 분들이기 때문입니다. 우리는 천년만년 살 것처럼 아끼고 절약하고 자신이 원하는 것을 위해 노력하고 탐냅니다.

하지만 결국에는 깨닫습니다.

현생에서 가진 것 모두를 현생에 두고 떠나야 하는 현실을 말입니다. 저희들이 태어날 때는 세상 모든 것을 쥘 듯 손으로 움켜쥐는 행동을 합니다. 하지만 마지막에 입고 가는 수의에는 주머니가 없습니다. 그것은 아무것도 가져갈 수 없음을 뜻합니다.

이건희 회장의 아버지인 이병철 회장이 돌아가시기 전 몬시뇰 사제에게 스물네 가지 질문을 했고 그 질문들을 인터넷 신문의 기사를 통해 보았습니다. 이병철 회장도 가톨릭에 귀의를 하려고 하셨다는데, 마지막에 병이 급격하게 진행되어 세례를 받지 못하고 돌아가셨다고 합니다.

스물네 가지 질문이 있었습니다. 하지만 특별하지 않았습니다. 사람으로서 할 수 있는 질문이었습니다. 명확했고 똑똑한 질문이었지만 사람으로서 보통의 사람도 할 수 있는 질문이었습니다.

사람은 자신만만하게 자신의 삶을 살며 자신만 믿다가도 본능적으로 죽음의 공포와 비슷한 경험을 하게 되면 믿음에 의지를 하려 합니다.

기도문을 외우지는 못해도 모르는 신적인 존재를 찾습니다.

83년생 바보 장민수

기도해 봅니다. 생명을 달라고, 마실 물을 달라고, 배가 고프니 먹을 것을 달라고, 눈물을 흘리며 보이지 않는 무엇인가를 잡으려고 합니다.

우리는 아기로 태어나 처음 빛을 보면서 울음을 터트립니다. 피를 뒤집어쓰고 태어납니다.

두 손으로 무엇인가를 움켜쥐려고 합니다. 사람으로서 처음 하는 것이 울음소리를 내는 것이고, 잡으려고 손을 뻗는 것입니다. 태어나 울지 않으면 아픈 것이고 이상한 것입니다.

어떤 저명한 철학자도 자신 과거는 맞출 수 있어도 미래는 알지 못합니다.

예언은 하지만 정확하게 들어맞지 않습니다. 다만 이렇게 해도 걸리고, 저렇게 해도 걸릴 수 있는 모호한 말을 하여 맞을 확률을 높여가는 것입니다. 요즘 정치인들의 행태와도 같은 행동이죠… 정치인은 확답을 하지 않습니다.

멋진 공약을 하지만 모두에게 희망적인 말을 합니다. 한쪽에 치우치지 않은 공통의 목표를 제시합니다. 치우친 말을 한다는 것은 반대쪽 한편은 적으로 만들겠다는 뜻이기 때문입니다. 공약은 지키지 않으면 말뿐인 공약 아무것도 채워지지 않은 공기만 들어 있는 약속입니다.

저는 창조가 있기 전에 모든 것은 하느님 안에서 있었고 하느님은 로고스로 세상을 창조하셨다고 하는데 그 말처럼 정확한 표현은 없다고 생각합니다. 하느님께서 말로써 이루어지라 하셨다는 표현이 가장 정확하다고 생각합니다. 그렇게밖에 생각할 수 없습니다.

우리는 원자를 찾아내기까지 수많은 시간이 걸렸다는 것을 알고 있습니다. 하지만 원자 안에는 또 무엇인가 있습니다. 쿼크입니다. 우리는 언제까지 근원의 근원을 찾으려 애씁니다.

근원의 근원은 하느님인데 말이죠. 성서를 보기 전 저는 수많은 종교 서적과 철학, 심리학책을 읽었습니다. 저자들이 책을 써내기 전 영감을 받은 뿌리는 불교, 이슬람, 힌두교, 유대교, 가톨릭의 성서였습니다.

저는 인간이 찾아내는 모든 것은 이미 있었던 것이라고 생각합니다. 저는 원래 있던 것들을 우리 사람은 하느님과 보물찾기하고 있고 하느님이 허락해 주시는 것을 찾아낼 수 있다고 생각합니다.

이렇게 말을 한다면 저를 공격하는 사람도 있을 것 같습니다. 하지만 저는 말해보겠습니다.

성서에서 하느님은 유일하다고 하셨습니다.

저는 그 말을 믿어 의심하지 않습니다. 각 시대별로 1,000년 전, 5,000년 전, 10,000년 전 사람들은 자신들이 만든 신을 믿었습니다. 자연재해로부터, 동물의 위협으로부터 자신을 지켜줄 수 있는 존재를 찾아냈습니다.

없으면 만들어 냈습니다. 하지만 그 신들에게 기도해도 자신이 원하는 결과를 얻어낼 수 없다는 것을 알았습니다.

만약 자신들이 믿는 신이 자신의 의도만 들어주게 되면 희생되는 생물 혹은 사람이 생겨야 하는 것은 분명하기 때문입니다. 등가교환의 법칙입니다.

하느님은 유일하십니다. 하느님에게 과거, 현재, 미래의 시간이 있습니다.

무한의 시간 안에 살아계시며 TV를 보듯 인간들의 생과 사를 보시고, 자연의 변화를 보고 모든 존재하는 것들을 보십니다. 가끔은 그 권능을 주시고, 가끔은 그 권능을 거두어 가십니다.

모든 존재하는 신들은 하느님의 작은 조각을 본 인간들이 그들 자신이 느끼는 대로 생각해서 창조해 낸 하느님의 단편이 아닌가 생각합니다.

모든 근원의 근원 그 존재를 저는 하느님이라고 믿고 있습니다. 가끔은 제 손을 통해서 글을 남기시고, 가끔은 제 입을 통해서 사람들에게 말을 하고, 가끔은 사람들을 통해서 제게, 우리에게 말을 전하십니다.

사계절

우리나라는 사계절이 있습니다. 녹색의 대한민국 회색의 대한민국 모두 대한민국입니다.

지금은 겨울입니다. 저번 주부터 한파가 불어닥쳤습니다. 추운 날씨에 두꺼운 겉옷을 입고 마스크를 하며 출퇴근을 합니다. 퇴근 때는 항상 어머니가 동래역까지 마중을 나오십니다.

겨울은 춥습니다. 몸을 웅크리게 하고 마음도 꽁꽁 어는 것 같습니다. 어머니는 70세의 나이까지 일하셨고 몸을 많이 사용하셨습니다. 그래서 몸의 이곳저곳이 안 좋으십니다. 그렇지만 하루 동안 수고한 자식을 조금이라도 빨리 보고 싶어서 마중을 나오십니다.

20대 때도 그랬습니다. 어머니는 저를 마중 나오셨습니다.

고3이었던 저는 학교에서 기술부장을 맡아 취업 관련한 서류를 가장 먼저 받아서 게시판에 정리하는 임무를 했었고 제가 학교에 다닐 때에는 2학기 때 실습을 나와서 학교의 수업을 대체하는 과정이 있었습니다.

당시 저는 고민과 걱정이 많은 아이였습니다. 가족의 미래가, 제 미래가 불안해 보였습니다. 국가 부도의 날 이후 우리나라의 미래는 불안했습니다. 그래서 일찍 취업해야겠다는 생각을 했습니다.

당시 누나가 대학을 다녔고, 형도 대학을 가려 했습니다. 누나도 형도 일찍이 아르바이트와 취업을 해서 자신의 앞가림을 알아서 하는 듯 보였습니다.

사실 누나는 중학생 때도, 고등학생 때도 아르바이트를 했습니다. 그리고 번 돈으로 동생들에게 당시에는 맛보기 힘든 피자헛 피자와 맥도날드 햄버거를 사주는 착한 누나였습니다.

하지만 형도 누나도 한 가지 일을 오랫동안 하지는 못했습니다.

누나는 당시만 해도 빈혈을 심하게 겪었었고 아픈 몸을 불사르려는 건지 아픈 몸이 불안해서 더 열심히 살려고 하는 것인지 모르겠지만 3개월 일을 하고 그만두고 6개월을 일하고 그만뒀습니다.

짧은 기간 일을 다니고 그만두기를 반복했습니다. 그렇게 한 가지 일을 꾸준히 못 하니 부모님의 자식 걱정은 늘어만 갔습니다.

형의 예전 모습을 기억하면 원수와도 같았습니다.

제 글을 읽으시는 분들 중 예전의 카드 대란을 기억하시는 분들이 있을지 모르겠습니다.
형은 대학을 가기 위해 준비하던 중 학자금 대출이란 것을 알아 왔고 그때 처음 빚을 사용하는 법을 배웠습니다. 카드를 사용하는 법을 알았습니다.

거짓말이라는 것이 처음이 어렵지… 두 번과 세 번은 쉬운 편입니다. 그리고 그다음은 수없이 할 수 있습니다. 거짓말이 거짓말을 만듭니다. 그러고는 자신도 기억하지 못할 정도로 거짓말은 쉬워집니다. 형을 보면 그래 보입니다.

힘든 기억도 계속 쌓이고 시간이 지나면 흐려집니다. 망각으로 사라집니다.

하지만 너무 아팠던 기억은 잊히지 않습니다.
그때 당시 우리 가족 모두를 슬픔에 빠지게 아프고 괴롭게 했던 형이 이제는 근육위축증이라는 병으로 요양병원에 계신 아버지를 전담해서 돌보는 책임감 있는 아들이 되었습니다. 당시에는 돈에 무서운 집착을 부리는 못된 아들이었습니다.

저는 그 덕분에 어린 나이에 못 볼 것을 너무 많이 보았습니다. 자식이 부모를 살기 어린 눈으로 바라보는 무서운 장면.

충격이었습니다.

누나는 아팠고, 약했고, 형은 나빴습니다.
그래서 저는 항상 착한 아들이어야 했습니다.

잊히지 않습니다. 어머니의 멍한 눈빛과 아버지의 퀭한 얼굴. 저는 보지 않는 척했지만 스쳐 지나가며 외면하면서 모두 보았습니다.

부모는 자식을 위해서 삽니다. 대부분의 부모는 자식을 위해서는 목숨조차 아까워하지 않습니다.

어머니와 아버지는 7살 차이가 납니다.
저는 어릴 때부터 약한 아버지를 보았습니다. 나이가 많은 아버지가 걱정되었습니다.

저는 누나와 5살 차이가 나고 형과는 2살 차이가 납니다.

저보다 앞에 서서 먼저 사회를 경험하고 돈을 벌어오는 형과 누나 사촌들을 보며 저는 동경하였습니다. 돈을 벌면 자장면을,

탕수육을, 치킨을 마음껏 먹을 수 있겠다.

저는 항상 작았습니다.

보통의 또래보다 항상 작았습니다. 어머니는 제가 빨리 자랄 것이라 생각하고 새 옷을 큰 옷으로 사 왔습니다. 저희 누나가 초등학교 5학년 때 성인의 모습이었으니까 저도 그렇게 자랄 것이라고 생각하신 것 같습니다.

저는 항상 작았고 제 새 옷은 입어보지도 못하고 형의 옷이 되었습니다. 그리고 주변에 사는 사촌들에게서 물려받은 옷을 입었습니다.

말은 하지 않았지만 저도 새 옷이 입고 싶었습니다. 전포동에 살 때까지는 방 한 칸을 전전했습니다.

그래도 기억 속 그곳은 아름다웠습니다. 어머니가 꽃을 좋아하셔서 집 담과 집 옥상에 국화꽃을 키워놓아 꽃들로 둘러싸인 전포동 그 집은 아름다웠습니다.

제가 5학년 때 저희 집은 처음으로 자가 주택을 가지게 됩니다. 어머니는 처음으로 은행에 빚이라는 것을 지게 되고 대부분의 빚으로 집을 사게 됩니다. 그 집이 감만동의 옛집입니다.

83년생 바보 장민수

당시만 해도 우리나라가 IMF 구제 금융을 받고 얼마 지나지 않은 시간이었습니다. 수많은 기업이 부도나고 수많은 사람이 해고되어 자살하던 시절이었습니다.

그때 우리 집에도 운이라는 것이 찾아왔는지 매일 일이 없으시던 목수인 아버지에게 큰 공사 건이 들어옵니다. 전포동 지오플레이스 옛날의 까르푸 건물 중 일부를 맡아서 짓는 일감이 들어옵니다.

아버지는 열심히 일하셨고 어머니는 아버지가 못 챙기시는 부분을 맡아 일하시고 생활비를 아끼고 모으셨습니다. 두 분 모두 열심히 일하시어 새마을 금고에 진 빚을 빠른 시일 내에 갚을 수 있으셨습니다.

어머니와 아버지는 빚을 지고는 못 사는 성격이었습니다.

여태껏 남에게 손해라는 것을 입히지 않도록 노력하셨습니다. 돈을 빌려주고 못 받고, 공사대금을 못 받아서 힘들어하실 때도 일꾼들 임금은 먼저 주어야 한다고, 함바집에서 먹은 밥값을 가장 먼저 처리하셨던 분들입니다.

자식은 부모의 그늘 속에 자라며 부모를 보고 배웁니다. 저는 겁이 많았고, 부끄럼이 많았고, 약했습니다. 형과 누나가 잘못을 했을 때 혼나는 것을 보고 나는 그러지 말아야지 생각했고, 어머니의 절약하시는 모습을 보고 돈을 모았습니다.

하지만 형은 달랐습니다.

어릴 때부터 똑똑했습니다. 2살인지 3살 때인지부터 한글과 영어를 읽을 줄 알았고 돈의 개념을 이해했습니다. 초등학교까지는 공부하는 모습을 한 번도 본 적이 없는 것 같은데 항상 좋은 성적을 받아 어릴 때만 해도 천재 취급을 받았습니다.

형은 거짓말을 진실인 것처럼 잘하여 부모님과 저를 속였습니다.

어릴 때는 몰라서 했을 것이고, 커서는 무슨 이유에서인지 모를 끝없는 거짓말을 했습니다.

형은 결혼하기 전까지 사람같이 보이지 않는 사람으로 형이라고 말하기도 싫은 사람이었습니다. 형은 돈을 벌고부터 간이 더 커졌고, 대학 들어간다고 빌린 학자금 대출을 시작으로 빚을 무서운 줄 모르고 만들었습니다.

현재는 신용카드를 만들기 위해서는 직장이나 특정한 소득이 없으면 만들지 못하는 것으로 압니다.

김대중 정부 당시 카드는 쉽게 만들어졌고 카드깡 돌려막기 등 현재 평범한 사람이 상상하지 못하는 것들이 이루어지는 시대였습니다.

83년생 바보 장민수

아버지, 어머니는 열심히 일하셨지만 비뚤어져 가는 형을 막지는 못했고, 집의 형편이 나아지려 하면 형이 던지는 사건들로 인해 다시 어려워지곤 했습니다.

저는 착한 아들이어야 했습니다.

어머니와 아버지를 보면 저는 혼자서라도 성공하여 고생만 하다 나이 드신 부모님께 자랑스러운 아들이 되어 행복을 드리고 싶었습니다.

이 시기는 제가 흙 속에서 껍질을 벗어던지려 고통을 인내하던 봄인 것 같습니다.

괴롭고 힘들 때면 책을 읽었습니다. 사람의 마음을 너무 몰라서 미래가 두려워 심리학책, 철학책을 읽었고 자기계발서를 읽었습니다. 판타지 소설을 보며 공상의 나라에 가기도 했고, 역사책 속 영웅들의 고난을 보고 나의 고난이 지나면 행복이 찾아올 것이라는 상상을 하며 괴롭고 긴 시간 14년을 보낸 것 같습니다.

다시 고등학교 때로 돌아가 저는 고3 1학기 방학을 앞두고 취업을 결정합니다.

현재 우리나라 대부분의 회사는 주5일제를 지키지만 당시는

주6일과 주7일이 당연한 일상이었습니다. 하루 근무 8시간에 더해 3시간 연장근무 5시간 연장근무, 철야근무가 난무한 시간이었습니다.

심하면 점심시간 50분 중 20분간 식사를 하고 점심 추가근무 30분을 해야 하는 환경이었습니다.

하지만 어찌 보면 제가 일할 수 있는 그 공간과 시간 속에 가족의 문제를 생각할 수 없는 그 시간들이 환경이 고통의 시간 속에 저를 공간 분리시켜 주었던 것 같습니다.

힘든 하루하루를 버텨내야 하는 이유가 제게는 있었습니다.

한곳에서 오랜 기간 일을 못 하여 부모님을 불안하게 했던 형과 누나처럼 부모님을 걱정시키지 말자는 이유가 저를 회사생활, 공장생활을 꼭 견뎌낼 수 있게 했습니다.

당시 가장 뿌듯했던 일은 제 이름으로 발급된 의료보험증 아래에 아버지, 어머니, 누나, 형의 이름을 등록할 수 있었던 것 같습니다.

저는 열심히 일했습니다. 1년에 330일은 일하였던 것 같습니다. 추석, 설날, 8일의 휴일, 여름휴가 3일, 한 달에 2번 휴일을 제외하면 계속 일했습니다. 한 달 내도록 일한 적도 있습니다. 회사는 정말 바빴습니다. 잠시도 기계를 세워둘 수 없었습니다.

그렇게 회사는 성장했고 저도 성장하기 위해 애썼습니다.

쉬는 시간 10분이면 책을 읽었고, 퇴근하는 지하철과 버스에서 책을 1시간 동안 읽었습니다. 가장 기억에 남는 책들은 탈무드의 이야기들이었고, 재난으로 모든 것을 잃어도 잃지 않는 것은 몸과 머리에 든 지식이라는 말을 기억해 저는 몸으로 머리로 지식을 체득하려 노력했습니다.

공장에서 기계를 돌리며 눈은 한자 수첩을 읽고 있었고 머리에 잡생각이 들면 그 잡생각들을 중국어로 하려고 노력했습니다. 생각이 정리가 안 되면 1에서 100, 1,000까지 숫자를 중국어로 셌습니다.

그런 시간 들이 지나 산업체를 마치는 시간이 되었고 저는 대학에 가보기로 결정합니다. 대학의 맛을 보기로 생각하고 전문대학 중국어과 야간반에 입학합니다.

언어를 배우기로 생각한 것은 시간이 지나도 변하지 않는 가치가 언어에 담겨 있다는 것을 알았고, 당시 중국의 경제 발전으로 한국과 중국의 경제협력이 많아지는 과정에서 전망이 좋은 과가 중국어과였기에 선택했습니다.

당시가 제 인생에서 가장 빛나던 시간으로 기억합니다. 가장 시간을 아껴 사용하던 날들이었습니다.

새벽은 부지런한 사람들이 이용하는 시간입니다. 그리고 하루를 넘기는 사람들이 사용하는 시간입니다. 두 사람 다 새벽을 이용하지만 부지런한 사람은 자신의 의지로 지식을 채우는 데 시간을 사용하고, 술과 유흥으로 새벽을 맞이하는 사람은 삶을 태워 하늘로 보냅니다.

오전 5시 30분에 일어나 밥을 먹고 6시에 서면행 68번 버스를 탑니다. 학원을 다니게 되었습니다. YBM 어학원을 다니며 대한항공 스튜어디스, PSB 골프채널 PD, 건축자재상 사장님과 함께 공부했습니다.

8시에는 회사에 출근해 반장으로서 생산계획을 처리했습니다. 오후 5시 30분에 퇴근해서 6시 10분에 수업을 하는 야간 대학에서 공부했습니다.

주말에는 부전도서관에서 오전 7시부터 오후 4시까지 공부했고, 학교 방학 때는 대호 수영장에서 수영을 배웠습니다.

당시에는 배움에 목말랐던 것 같습니다. 작은 시간도 그냥 흘려보내는 것이 싫었습니다. 제 인생에서 가장 뜨거웠고 빛나던 시간이었습니다. 사계절 중 여름이었던 것 같습니다.

그렇게 여름은 9년간 지속되었습니다. 그동안 여행사를 경험할 수 있었고 조선전기 회사를 경험할 수 있었습니다.

시간은 의식하고 있어도 흘러가고, 의식하고 있지 않아도 흘러갑니다. 다만 의식하지 않고 있으면 순식간에 흘러갑니다.

제3의 계절 가을이 찾아옵니다.

저는 하루하루 열심히 살았고 그 결과 반년 가까이 번아웃 현상이 찾아옵니다. 모든 것이 귀찮고 하루하루가 괴로웠던 나날입니다. 저에게 인간의 탐욕의 끝을 보여준 조선전기회사에서의 시간들이 잊히지 않습니다.

저는 욕심이 많은 사람이 아닙니다.
큰 욕심은 부려도 작은 욕심은 부리지 않습니다.

조선전기회사에서 참 많은 것을 배웠습니다. 특히 사람의 탐욕, 사내 정치, 이간질, 계획, 준비, 기억에 대해서 배웠습니다. 저는 사람을 그때까지도 너무나 몰랐고 그래서 사람들을 알기 위해 책을 읽었습니다. 미래가 두려워 책을 읽었습니다.
그래서 평범한 대부분의 사람은 심리학 법칙을 벗어난 행동을 하지 못하고, 내가 마음을 먹으면 이용할 수도 있다고 생각했습니다. 한때는 심리학 법칙을 통해 사람들을 이용해 보기도 했습니다. 하지만 제 마음속 한곳에서는 그렇게 하면 안 된다 하였고 심리학 서적들도 법칙을 사용할 때의 위험성을 경고했습니다. 저는 그렇게 사람의 심리가 조정된다는 것만 알고 그냥 예전처럼 평범하게 하루하루를 살았습니다.

저는 똑똑하지 못합니다. 계산을 잘하지 못하고, 암기능력도 좋지 못합니다. 집요하지도 못합니다.

저는 평화로움이 좋습니다. 하지만 저는 예민합니다. 그리고 생각이 많습니다. 세상을 그림처럼 보고, 전체를 보고 부분을 볼 줄 알며 사람의 얼굴을 잘 기억합니다.

저는 잔소리를 싫어합니다. 간섭을 싫어합니다.

그래서 대부분 일을 시키기 전에 회사에 일찍 도착해 다 처리해 놓고, 평소에는 흐느적거리듯 일을 합니다.

일은 집중해서 최고로 열심히 하는 것이 재밌습니다. 시간을 끌어서 일하게 되면 누군가의 지적을 받게 되고, 어쩌면 비아냥과 화를 듣게 되기도 합니다.

저는 항상 열심히 일했고, 먼저 했고, 안 보일 때 했습니다.

저는 책을 많이 읽었고, 프로는 그렇게 일하는 것으로 보였습니다. 책은 또 다른 저의 자아가 되어 성공한 사람들의 일면 일면

83년생 바보 장민수

이 저의 모습이 되어만 갔습니다.

머리는 똑똑하지 못한데 부자들이 하는 행동을 합니다.

그래서 그들의 눈에 띄었습니다. 그들과 함께 일을 했고 그들은 지독하고 집요했습니다. 잘하면 또 시키고, 해내면 더 시켰습니다. 견뎌내면 또 다른 일들이 찾아왔습니다. 괴로웠습니다.

저는 돈 때문에 일을 하는 것이 아닌데 사람들은 제가 돈에 굴복하고, 진급에 욕심을 내는 평범한 사람들과 같은 욕구를 가진 것으로 오해하였는지 계속하여 저의 목을 조금씩 조여왔습니다.

회사 동기들도 제게 급여와 직위를 요구하라고 부추겼습니다.

저는 그렇게 할 생각이 없었습니다. 무엇인가를 얻으려면 무엇이든 줄 수 있어야 합니다. 그것이 세상사는 기본 이치라고 생각했었습니다.

저는 아무것도 원하지 않으며 열심히 살려고 했을 뿐인데 그들에게 있는 탐욕의 눈이 저도 그들과 같은 사람으로 보이도록 한 것 같습니다.

힘들었던 시간입니다.

회사가 힘들어 집에 가면 집안 상황이 저를 힘들게 했고, 집안을 벗어나 회사를 가면 회사가 저를 끝없이 밀어붙였습니다. 아픈 누나와 사고를 끝없이 만들어 오는 형, 그들 중에 저는 착한 아들이고 자랑스런 아들이어야 했습니다. 저는 쉬는 날이면 도서관에서 공부에 빠졌고, 회사에서 퇴근하면 하단에서 초량에서 언어를 배우는 시간을 1시간 가졌습니다. 학원에서의 시간이 저의 하루를 견디게 해주었습니다.

　저의 하루 중 학원에서의 1시간이 가장 기대되고, 즐거웠던 시간이었습니다. 하지만 잘 버텨내던 제게 한계가 닥쳐옵니다.
　번아웃 입니다.
　부정을 부정하고, 안 되는 것은 되게 하고, 힘든 것을 내색하지 않고 견뎌만 내던 내 몸과 정신이 일순간에 무너지는 느낌을 경험하게 됩니다.

　편안하고 싶다. 이제 그만하고 싶다.

　편하고 싶다.

　동일본 대지진 전 남구 용호동 푸르지오 아파트가 7,000만 원 하던 시절, 저는 5,000만 원의 적금과 여러 가지 자본을 소유했었습니다.
　하지만 모두 포기했습니다.

　　　　　　　　　　　　　　　83년생 바보 장민수

저의 탄탄대로 같았던 미래가 한순간에 무너지게 되는 경험을 하게 됩니다.

아무것도 하기 싫었고 당시에는 돈도 부모님도 가족도 생각이 나지 않았습니다. 저는 회사를 그만두려고 사직서를 여러 번 냈습니다.

당시 회사 이사님은 저를 되찾겠다며 본사에서 세 번 저를 찾아왔습니다. 달콤한 너를 믿는다는 말, 그리고 저의 미래를 책임지겠다는 말을 했고 한 번을 속고, 두 번을 속고, 세 번을 속았습니다.

지금 나이가 들어버린 나는 그 사람들의 방법이 사람을 단련시키는 한 가지의 방법일 수도 있겠다고 생각하기도 합니다.

그때 버텨냈으면 내 미래는 어떻게 달라졌을까? 생각하기도 합니다. 하지만 당시 저는 어렸고, 제게 가해진 쉼 없는 압박을 주는 시간들은 제가 전혀 바라는 것이 아니었습니다.

북경 출장 중 삶을 버리려는, 편하려는 속삭임이 찾아왔고 저는 8차로 도로를 살피지 않고, 보지 않고 곧바로 걸어갑니다. 저는 저의 목숨을 시험했습니다. 그 결과 저는 살아남았습니다.

한국에 돌아와 한 달간을 고민하다 회사를 그만두게 됩니다. 아무것도 하기 싫어져 집에만 있었습니다. 부모님이 일하러 나가

시면 일어나 라면을 믹고 부모님이 돌아오시면 이불을 쓰고 자는 척을 했습니다.

그러던 제게 가을이 찾아오려고 하고 있었습니다.

사람이 싫고 어른들이 싫었던 제게 친구의 전화가 오게 됩니다.

"민수야 많이 쉬었잖아. 같이 일하자!" 여기에는 어린 대학생들이 대부분이고 어른이 없다는 친구의 속삭임. 저는 유혹당했고, 제 첫 아르바이트가 시작됩니다.
식당의 설거지와 밥 짓기, 초밥 만들기의 시작입니다. 저는 이곳에서 10년간 일을 하게 됩니다. 제 마지막 일자리가 될 것 같았던 곳입니다.

29살의 나이에 들어간 초밥집, 그곳의 생활을 어머니는 반대했습니다. 장사 똥은 개도 안 먹는다. 사람 상대의 일은 애간장을 다 녹여야지 견뎌낼 수 있다는 삶의 깨달음을 제게 전해주시며 한사코 초밥집에서 일하는 것을 반대하셨습니다.

당시 그곳은 일본에서 한국으로 진출한 지 3년여의 세월이 흐른 시작하는 단계의 회사였습니다. 일본의 3대 스시 체인이었고 그 회사는 장밋빛 청사진을 제시하며 한국의 젊은이들을 끌어들이고 있는 회사였습니다.

분기별로 매상 1등을 하는 지점의 점장은 당시 1,000만 원이라는 큰 인센티브를 받았고 평사원에게도 보너스 400%를 주는 회사였습니다.

저는 그곳에서 허드렛일부터 배우게 됩니다. 어른들이 주로 일하는 공장에는 허드렛일도 자신의 일을 대신하게 되어 빼앗기게 될까 두려워하고 자신의 일을 후배들에게 잘 가르쳐 주지 않습니다. 일은 등 뒤에서 배우는 것이라고 말합니다. 저는 여태껏 그렇게 일을 배워왔습니다. 그게 당연한 줄 알았습니다.

하지만 이곳은 달랐습니다. 일본인 점장은 저에게 '장상 오네가이시마스'를 했습니다. '장상 부탁드립니다'라고 말했습니다.

매일 조회시간에 롤플레잉이라는 것을 했고 교육되어 있지 않은 알바생들에게 접객의 순서를 가르치는 것으로 일을 시작했습니다.

저에게 이것은 신선한 충격으로 찾아왔습니다.

일을 가르쳐 준다. 내가 눈으로 훔치지 않아도 그들이 스스로 가르쳐 준다. 고마운 마음에 눈물이 나고 마음이 뜨거워졌습니다.

내가 있어야 할 곳을 찾았다 느꼈습니다.

아이들… 저는 아이들을 좋아합니다. 아기도 좋아하지만 아직 순수한 사회의 때가 묻지 않은 대학생도 좋아합니다.

한 지점에는 40~50명의 스텝이 스케줄 표에 맞춰 근무했고 사원은 6명 정도 있었습니다.

초밥… 회전초밥, 끝없이 이어지는 긴 레일에 흐르는 초밥은 사람들의 눈을 홀렸고, 특히 주문한 초밥이 기차를 통해 손님의 테이블까지 전해주는 시스템은 사람들의 마음을 훔치기에 모자라지 않았습니다.

이곳은 일본의 대형 초밥집 문화를 그대로 옮겨 오려 했고 내부 기자제도 모두 일본산을 사용하였습니다. 화장실 하나까지 일본의 모습을 그대로 가져왔습니다.

저는 이곳에서 일하기 전까지 아르바이트를 해본 적이 없었고 음식은 하나도 몰랐습니다. 서비스 역시 하나도 몰랐고, 모른다는 것은 두려움으로 다가왔습니다. 예민하고 날카로웠던 저는 두려웠지만 다시 제가 있을 자리를 만들어야 한다는 것에 기대와 두려움이 공존하는 이상한 느낌을 받았습니다.

어른과 아이들은 달랐습니다. 공장의 어른들과 이곳의 아이들은 달랐습니다.

튀김을 맡은 아이는 자신의 일을 도와주는 제게 감사했습니다. 학교 때문에 대타를 해달라고 했습니다. 돈까스를 맡은 아이, 초밥 기계를 맡은 아이, 아이스크림 파트를 맡은 아이, 군함을 맡은 아이, 롤을 맡은 아이. 각각의 포지션을 맡은 아이들이 있었고 그들은 하루에 4~5시간을 일하였습니다.

한주에 3~4회를 일 하는 아이도 있었고, 5일을 일하는 아이 6일을 일하는 아이도 있었습니다. 주말만 일하는 아이도 있었고, 3달간 일하고 그만두는 아이, 하루를 못 채우고 도망가는 아이도 있었습니다.

사원은 전적으로 가계에 매여서 일을 하는 사람들이었고 스텝은 자신의 시간이 허락하는 한도에 맞춰서 일하였습니다.

이곳에서 일하기 이전까지 저는 하루 10시간 이상 일을 하였고 보통 토요일까지 주6일을 일하였고, 전기회사에서는 정규 근무 외에도 주말에는 번역의 일까지도 해야 해 쉬는 시간 없이 일했기 때문에 평범한 초밥집의 일은 힘들어 보이지 않았습니다.

깨끗하게 정리된 홀과 음식이 만들어져 나오는 주방은 환경이 전혀 다릅니다. 저는 홀에서 일본인 점장과 면접을 보게 됩니다.

저는 저의 일본어 실력을 어필하였고 회사에서의 성과들도 설명하며 하루 8시간 이상 근무하고 또 사원을 목표로 일하고 싶다고 말했습니다.

하지만 점장에게서는 서비스 계통에서 아무런 경력이 없는 저의 이력서가 믿음직하지 못했고 저의 말 또한 신용을 받지 못했는지 제게 하루 5시간 이상 일을 줄 수 없고 주3일의 일밖에는 줄 수 없다는 말을 들었습니다.

하지만 저는 신기한 이곳에 첫눈에 반해버려 일만 시켜주면 열심히 하겠노라 장담을 하였습니다. 점장은 보건증이 있어야 일을 할 수 있다며 보건증을 먼저 만들어 오라고 하여 저는 그 길로 바로 보건증을 만들러 보건소에 갑니다.

보건증이란 외식업을 하는 사람이면 기본적으로 발급받아야 하는 것입니다.

신청하고 일주일이 걸리는데 검사를 하고 나면 보건소에서 결과가 나오면 찾을 때 가져와야 하는 영수증을 줬습니다.

벌써 13년 전 이야기입니다.

그때 당시만 해도 일본에서 한국으로 처음 진출한 이 회사는 한국의 법체계와 일본의 법체계를 혼용하는 일이 빈번했습니다.

모든 체계가 잡혀 있지 않은 혼란한 회사였습니다.

보건소에서 검사하고 집에 돌아와 하루를 쉬었나? 보건증이 나오기까지는 아직 일주일이 걸리는 상황이었습니다. 갑자기 전화

83년생 바보 장민수

가 왔습니다. 원래 나오기로 했던 아이가 나오지 않았다며 근무를 할 수 없냐 제게 말하여 저는 보건증이 나오려면 일주일이 걸린다 하였고 가계에서는 보건증 검사 영수증만 있으면 근무할 수 있다고 하였습니다.

저는 기쁜 마음으로 출근했고 첫날 근무는 제게 충격으로 다가왔습니다. 일을 시키는데 할 수 있는 것이 아무것도 없었습니다.

그곳의 아이들은 노는 듯이 신나게 뛰어다니며 일을 했습니다. 저는 그 리듬에 몸을 맡기지 못했고 이 포지션에서 저 포지션으로 밀려나며 결국에는 설거지를 하는 곳에 쫓겨나게 됩니다.

홀 스텝들은 접시가 쌓인 티슈 박스라는 것을 아라이바 작업대에 쌓아 두었고 또 하선 레인이라는 곳에서는 스시 접시가 쌓인 티슈 박스들이 나란히 선 기차의 모습처럼 줄지어 서 있었습니다.
이곳은 어두침침한 공장을 닮았습니다. 작업대와 싱크대 접시 세척기, 식기 세척기와 기물 정리대, 접시용 노란 박스가 있었습니다. 작업대와 싱크대 사이는 한 사람이 왔다 갔다 할 정도의 공간밖에는 없었습니다.

처음은 멍하였고 잠시 생각을 정리했습니다. 어떻게 해야 하지… 그때 밥을 짓던 아이가 들어와 설거지하는 법을 가르쳐 주었습니다. 그 아이는 1년을 일하였다 하였는데 일을 참 느리게 했습니다.

어차피 설거지를 다 끝낸다는 것은 영업을 마치는 시간에나 가능하고, 빨리 다 한다 하여도 밖에 나가면 밥을 짓고 시코미를 해야 한다 하였습니다.

저는 제가 할 줄 모르면 사람들이 하는 것을 보고 배웁니다. 저는 그 아이가 하는 모습을 보고 대충 일을 할 수 있게 되었습니다.

꼭 공장에서 일하던 것처럼 기계들을 사용하면 어렵지 않은 일이었습니다. 다만 무거운 그릇들을 정리하는 것과 접시 박스를, 그리고 티슈 박스를 들어 옮기는 것이 힘들었습니다.

어느 정도 일이 돌아가는 것을 알게 되니 앞 주방이 바쁘다고 일을 가르치던 아이를 데리고 나갔습니다. 저는 혼자 남았고 잠시 있으니 홀 스텝들이 젓가락이 없다 씻어달라, 컵이 없다 씻어달라 말했고, 주방에는 스시 접시가 없으니 빨리 씻어달라고 부탁들을 해왔습니다.

처음에는 '부탁드립니다'라는 말이 고마웠는데 어느 순간 아! '부탁드립니다' 안에는 다른 의미도 있다는 것을 깨달았습니다.

자신들은 하기 힘든 것을 에둘러서 부탁드린다고 하는 것이었습니다. 설거지는 조금 특이한 아이 두셋을 제외하고는 모두가 싫어하는 더러운 일이었습니다.

저는 고민했습니다. 하지 말까? 아니야! 하지 말까? 아니야! 그때 홀 스텝 어린 여자아이가 진심을 담아 부탁해 왔습니다. 장국 그릇 없어요!

저는 정신을 차렸습니다.

혼자서 이것저것 홀과 주방에서 필요하다는 것을 먼저 해달라고 하는 탓에 몸을 서둘러 움직였습니다. 하지만 이미 아라이바에는 사람이 움직일 곳도 없이 들어찬 그릇들을 눈 깜짝하는 순간에 다 씻어 정리할 수는 없는 일이었습니다.

그때 특이한 아이 둘이 들어왔습니다. 형님 고생하셨어요. 이제 형님은 저희들이 하는 것을 보고 있으세요.

일하는 순서를 가르쳐 드릴게요!
아이들의 손은 날아다니는 듯 빨리 움직였고 식기 세척기와 접시 세척기는 쉬지 않고 움직였습니다.

아이들은 사람이 아무리 빨리 움직여도 기계가 쉬면 안 된다는 말을 하였습니다. 기계만 안 쉬게 계속 식기를 넣으면 설거지는 재미있는 일이라고 말했습니다.

뒤에서 아이들을 보았습니다.

반짝반짝 빛나는 아이들이었습니다. 특이한 아이들은 이수와 경태였고 그 친구들은 그 밖에도 여러 가지 규칙을 알려주었습니다.
홀 아이들 주방 아이들은 자기가 맡은 파트의 식기가 없으면 손님들에게 지적을 받으니 식기가 있어도 먼저 요청하니 적정량만 만들어 놓으면 그 아이들의 말을 듣지 않고 장국 그릇 먼저 씻고, 컵 먼저 씻고, 다음은 젓가락, 수저를 씻는 것이 가장 빠르다는 것을 알려주었습니다.
저는 고마웠습니다. 자기들이 어렵게 알아낸 것을 아무런 대가 없이 가르쳐 주는 아이들의 아무 생각 없는 순수함이 예뻐 보였습니다.

저는 잔소리를 싫어합니다. 일을 쌓아두는 것도 싫어합니다.

그리고 일이라면 제가 이곳의 아이들보다 수만 시간은 더 했습니다. 저는 아이들의 설명을 듣고 한편으로는 눈으로 아이들의 기술을 훔쳐 갔습니다.

일주일이 흘렀고 설거지는 쉽게 마스터할 수 있었습니다.

83년생 바보 장민수

다음은 주방의 각 포지션인데 주 3일을 해서는 생활이 안 될 뿐만 아니라 빨리 일을 배워 사원이 되겠다는 제 계획을 실현시키는 데에 시간이 많이 들어 고민이 되었습니다.

하지만 그 고민은 눈이 녹듯이 사라졌습니다. 그곳에는 학교를 다니며 함께 일을 하는 아이들이 대부분이었고 학교생활에 개인적인 일들이 많아 이유를 가계에 말을 하지 않고 갑자기 자기 스케줄을 비우는 경우가 많았습니다.

저는 그럴 때마다 전화를 받았고 저는 점장에게 잘 보이기 위해, 그리고 딱히 할 일이 없어 대타 일이 생겨 '오네가이시마스'를 하면 '하이'라고 대답을 했습니다.

그때 입사 한 달 만에 200여 시간을 근무하게 되었습니다. 일을 많이 하니 자연스럽게 일을 잘하게 되었습니다. 그리고 스시의 종류와 만드는 법을 배우기 위해 점심 혹은 저녁은 손님이 되어 회전 레일에 흐르는 스시의 모습을 기억했습니다.

당시 시급이 5,000원 정도였던 것 같은데 한 달 월급으로 107만 원을 받았습니다. 매일매일이 즐거웠습니다. 아이들의 순수한 질문에 제가 회사에서 경험한 경험들을 가계에 접목시키니 일은 수고가 아니라 즐거움으로 돌아왔습니다.

아이들은 퇴근 후 형님 회식 가요 하고 저를 초대했고 저는 기꺼이 참석했습니다.

아이들은 잘 놀았습니다. 저는 2차로 노래방 가는 것은 어떠냐 하였고 아이들도 노래 부르는 것을 좋아했습니다.

주방에서 일하느라 제대로 보지 못했던 많은 아이들의 즐거워 보이는 얼굴들을 보고 저도 즐거웠습니다. 고정적으로 나오는 아이들 5명 정도와 거의 매일 바뀌는 아이들의 얼굴을 보는 저는 매일매일이 새롭고 즐거웠습니다.

오늘은 이런 진상 손님이 있었어요, 저런 진상 손님이 있었어요, 테이블에 아기 똥 기저귀를 두고 가버린 손님, 접시 사이에 밥을 눌러 붙여 밥을 숨기는 손님, 여자 스텝 아이의 몸을 만지는 손님, 카드를 던지는 손님, 자기과시를 위해 욕을 하는 손님, 음식 접시를 던지는 손님… 말로 다 할 수 없는 손님들이 있었고 아이들의 한숨은 제 마음을 시리게 했습니다.

저는 아이들에게 없는 충분한 돈이 있었습니다. 그리고 시간이 있었습니다.

아이들에게 커피를 사주며 아이들의 사소한 고민과 이야기를 들어주었습니다. 취업 고민, 학교 고민, 일 고민, 미래고민 아무

걱정 없어 보이는 아이들 또한 고민이 많았습니다.

퇴근 때 분위기가 좋으면 좋아서 아이들에게 술과 음식을 사줬고, 아이들이 일로 힘들어하면 마음이 아파서 술과 음식을 사줬습니다.

아이들은 순수합니다. 일부의 아이들은 저를 이용하였고, 일부의 아이들은 저를 진심으로 좋아해 줬습니다. 그들의 눈을 보면 마음을 읽을 수 있었습니다.

그렇게 여섯 달이 흘렀습니다.

저는 받는 월급보다 더 많은 돈을 아이들에게 사용하게 되었고, 여태껏 어머니께 하지 않던 소리를 하게 됩니다. 돈을 써보고 싶다는 말을 하였습니다. 그래서 5,000만 원 외에 따로 모은 3,000만 원 중 1,000만 원을 받아 사용합니다.

돈을 쓴다는 것, 재밌었습니다. 한편으로는 공허함도 찾아왔습니다.

저는 여태껏 일을 남이 시켜서 한 적이 없습니다. 저는 저를 하인 부리듯 시키면 일을 하지 않습니다. 그렇게 시간은 흘러갔고 이곳에서의 신선함도 어느덧 6개월이 흐르니 안개가 걷히듯 사라져 갔습니다. 점장은 시도 때도 없이 일 할 사람이 없다고 대타로 저를 부르면서 제가 원하는 사원의 자리는 주지 않았습니다.

그곳의 사원들은 저를 시샘하였습니다. 자기들의 말을 들어야할 스텝들이 먹을 것을 주는, 이야기를 들어주는 저의 말을 더 잘들었기 때문에 그렇게 저는 곤란한 입장에 처하게 됩니다.

이곳에 더 있어도 제가 원하는 자리인 사원의 역할은 할 수 없을 것 같았습니다. 계속 이용만 당하는 상태로는 있을 수 없었습니다.

저는 일본을 경험하고 싶어졌습니다. 그래서 오사카로 여행가기로 결정합니다. 당연한 것이 당연하지만은 않습니다. 저는 일본인 점장에게 퇴사하겠다는 말을 했습니다.

심리학을 공부한 일본인 점장은 자기 마음대로 이용하던 제가갑자기 사라진다 하니 잠깐 아쉬워하더니 '다시 오세요, 장상' 이렇게 말했습니다. 제가 좋아하는 곳인 이곳을 잊지 못하고 다시올지 점장은 이미 알고 있는 듯 보였습니다.

저는 오사카행 팬스타 드림호를 타고 오사카에 가게 됩니다. 여행일정은 6일이었고 출항일과 귀항일은 배에서 하루를 보내는일정이었습니다.

팬스타 드림호는 좋았습니다. 처음 배를 보고 배 안에 이어지는 에스컬레이터를 탔습니다. 음악이 연주되었습니다. 손님들을 환영하는 크루들이 피아노를 연주하고 색소폰을 불어주었습니다.

저는 혼자였습니다.

일주일 치 옷과 짐을 가지고 제가 하루를 보낼 방으로 갔습니다. 짐을 정리하고 같은 방을 쓰게 된 사람들과 인사를 하고, 배 안의 대욕탕에서 몸을 녹였습니다.

가게에서 쉬지 않고 일하던 제 몸이 욕탕에서 녹아갔습니다. 욕탕에서 바라보는 푸른 바다는 고요했습니다. 목욕을 마치고 방에 누워 있던 중 안내 방송이 들려왔습니다. 식당에서 공연이 있고 난 후에는 손님들의 노래자랑이 있으니 지원자는 지원 곡목과 이름을 남기라는 안내를 들었습니다.

저는 참가하기로 결정합니다. 배를 타기로 한 마음은 제 마음의 공허함을 채우기 위함이었습니다. 예전부터 배는 함부로 타는 것이 아니라는 말을 어른들로부터 들었습니다.

배는 바다를 지나니 위험하다는 것.

저는 위험한 일을 일부러 하러 나온 것이었습니다. 29살 아홉수라는 것이 있기는 한가 봅니다. 저는 북경에서 돌아온 후 저의 공허함을 달래지 못했습니다.

그러던 와중 친구의 부름이 있고 못 할 것이 있나 하는 생각에 어머니의 반대를 무릅쓰고 식당일을 하게 된 것입니다. 저는 제가 여태껏 살아왔던 경험대로 제가 할 수 있는 최선을 다하였습니다.

하지만 지금까지와는 다른 경험을 했습니다.

한국 사람들은 능력을 보여주면 빨리 인정하고, 자리를 만들어줍니다. 하지만 전기회사의 사람들과 일본인 점장은 달랐습니다. 철저하게 이용만 했습니다.

저는 상처받았습니다.

저는 어쩌면 너무 부끄러움이 많고, 어쩌면 아무것도 부끄러워하지 않습니다.

겁이 있을 뿐 두려움이 없습니다.

제 공허한 마음을 있는 그대로 담아서 배 안의 접수받는 크루에게 신청했습니다. 제 사연을 이야기했습니다. 제 마음이 망가져 북경에서 삶을 포기하려 했었다는 말을 했습니다. 저 마지막에 노래하고 싶어요.

83년생 바보 장민수

막상 그렇게 이야기하고 나니 크루에게 정신적인 충격을 준 것은 아닌지 미안함이 몰려 왔습니다. 수많은 손님이 순서대로 노래를 불렀습니다.

저는 마지막 순서로 무대에 올랐고 인사말을 하였습니다. 저는 중국어와 일본어로 소개말을 했습니다. 플라워의 'For You'를 부르고 무대에서 내려왔습니다.

공허했습니다.
제 무대를 마치고 장기자랑은 끝나는 것인가 했습니다. 그것을 원했습니다. 그런데 갑자기 무명가수가 무대에 올랐습니다.

박완규의 '천년의 사랑'을 불러주었습니다.

이대로 널 보낼 수는 없다고
밤을 새워 간절히 기도했지만
더 이상 널 사랑할 수 없다면
차라리 나도 데려가
내 마지막 소원을
하늘이 끝내 모른 척 져버린대도…

절절한 가사가 제 마음을 적셔왔습니다. 그 곡에서만은 박완규를 넘어서는 느낌을 주었습니다. 이름 모를 무명가수의 노랫소리는 제 마음을 달래줬습니다.

순간 눈물이 멈추지 않고 흘렀고 저는 배 안을 흐느끼며 돌아다니다 유메 카페를 찾아내고는 여러 잔의 칵테일을 시킵니다. 그 공간은 조용했습니다. 시간이 멈춘 듯한 공간이었습니다.

그날 잠을 제대로 이루지 못하고 몸을 뒤적이다 보니 오사카 항구에 도착합니다. 배에서 내려 세관 수속을 마치고 일본 땅에 도착하여 일본의 냄새를 맡습니다.

오사카의 사람들은 부산 사람 같고, 도쿄의 사람들은 서울 사람 같다고 느꼈습니다. 지하철 노선도를 보고 중앙선을 타고 닛폰바시 역에 내려 예약해 둔 호텔로 갑니다.

지도 하나에 온 정신을 집중하고 길을 헤맵니다. 여행사에서 준 종이 지도 하나에 의지해 호텔을 찾아갔고 호텔에 도착했습니다.

일본에서 체류하는 3박 4일을 최대한 알차게 사용하려 했습니다. 요즘에도 있는지 모르겠는데 당시 일본에는 지하철과 여행지를 묶어서 여행할 수 있는 패스라는 것이 있었습니다. 2박 3일권과 3박 4일권이 있었는데 저는 2박 3일권을 사서 지하철을 타고 오사카의 곳곳을 다녔습니다.

가이드 없이 하는 여행 처음이었습니다.

약간은 길을 헤맬까 두려웠지만 지도에 정신을 집중해 봅니다. 약간은 쑥스러웠지만 일본인들에게 길을 물어봅니다. 부끄러움은 잠시였고 제 일본어에 화답을 해오는 사람들의 반응에 저는 공부한 보람을 느끼는 한편 즐거움을 느낍니다.

참 고마운 사람들이 많았습니다.

가장 기억에 남는 사람은 남녀커플이었는데 제가 Help five라는 곳을 찾는다고 말했는데 원점에서 거의 40~50분 거리를 친절과 미소로 안내해 줍니다.
저는 작은 인연도 소중하게 여깁니다. 한국에서 한국을 소개할 선물을 준비해 갔었는데 그 커플에게 고맙다며 선물을 전합니다.

주택박물관, 전망대, 관람차, 시청 옥상, 관람용 배, 패스로 이용할 수 있는 관광지를 이곳저곳 돌아다닙니다. 그렇게 하루해가 저물어 갑니다. 저는 대부분의 관광지가 아침 8시에 열고 오후 6시에 마친다는 것을 파악하고 최대한 많은 곳을 다닐 수 있는 동선을 짜고 군대 행군하듯이 이곳저곳을 갔습니다.
혼자였기에 아무런 눈치를 볼 필요가 없었습니다. 제가 할 수 있는, 제가 얻을 수 있는 것은 다 경험하려 했습니다.

저녁이 되어 호텔에 돌아왔습니다.

호텔에서 아무것도 할 수 있는 것이 없었습니다. 온몸은 피곤해 샤워를 먼저하고 침대에 누웠습니다. 30분 정도 누워서 있으니 피곤한데 정신은 더욱 명료해졌습니다. 멍하니 방 안 천장을 보니 이러고 있지 말아야겠다는 생각이 들었고 호텔 주위를 살펴보고 싶어졌습니다.

호텔을 기점으로 이 방향으로 갔다 돌아오고 저 방향으로 갔다 돌아오기를 반복했습니다. 닛폰바시 길 이곳저곳을 다니다 보니 방향 감각이 생겼습니다.

혼자라는 생각에서 내가 의지할 것은 나 자신밖에 없다는 생각이 저를 더욱 예민하게 했고 지도를 보지 않아도 될 만큼의 거리, 1시간 거리의 길은 쉽게 찾을 수 있게 되었습니다.

초밥집을 지나 편의점들이 있었고, 그 길을 계속 걸으니 술집과 라멘집들이 있었습니다. 그렇게 무작정 길을 걷다 영어로 적인 익숙한 글을 발견합니다.

SONAMU 뭐지? 생각했습니다. SONAMU BAR… 저는 원래 경계심이 많은 편입니다. 근데 소나무라는 단어, 한국의 나무 소나무, 대한민국 대부분의 산에 자생해 우리나라를 푸르게 덮은 소나무의 이름을 보고 반가움을 느낍니다.

무작정 들어가 봅니다. 크지 않은 가게였습니다. 칵테일 한잔에 700엔이라고 쓰여 있었습니다. 그리고 마스터라고 불리는 가게 주인이 있었습니다. 일본어로 주문할까 생각하다. 한국말로 인사를 합니다.

주인인 마스터는 한국 사람이었습니다. 반갑게 저를 환영해 주었습니다.

저는 혼자서 일본에 왔고 소나무라는 이름이 반가워 들어왔다고 말을 시작했습니다. 부산 사람이고 도쿄와 후쿠오카를 여행해 봤고 오사카는 처음이라는 말과 제가 초밥집에서 했던 일, 방위 산업체에서 했던 일, 전기회사에서 했던 일을 말했습니다.

이런 분위기는 처음이었습니다. 제 개인적인 이야기가 술술 흘러나왔습니다. 그만큼 마스터는 사람의 경계를 풀어주는 경륜이 있는 사람이었고, 예전 가수였던 사람입니다. 가수 부활과 관계가 있었던 사람이라고 자신의 이야기를 들려주었던 것 같습니다.

저는 노래를 좋아합니다. 그리고 듣기 싫지 않을 만큼은 한다고 생각합니다.

가게에는 전자피아노가 있었고 노래를 할 수 있는 무대가 있었습니다.

저는 저의 공허함을 이야기했습니다. 삶의 괴로움을 이야기했고 중국에서 있었던 이야기를 했습니다.

곰곰이 저의 이야기를 듣던 마스터는 여러 가지 신기한 칵테일들을 제게 만들어 줍니다. 한 잔, 두 잔, 여러 잔을 마셨습니다.

그러던 중 마스터는 노래 한 곡을 들려줍니다. '네스쎄라도'라는 곡인데 제가 영어를 할 줄 몰라 무슨 뜻의 노래인지는 모르겠는데 음 하나하나가 리듬이 저의 마음을 달래주는 것으로 느껴졌습니다. 시간은 12시, 1시가 되었고 본격적으로 손님들이 들어오기 시작했습니다.

저는 조용히 자리에서 일어나 계산을 하고 호텔로 돌아옵니다. 돌아와 잠을 잤는데 5시에 일어났습니다. 침대에서 버둥대다 새벽 거리를 걷기로 합니다.

이곳의 거리도 서면의 거리 느낌이 났습니다. 새벽을 다니는 사람들은 부지런한 사람 아니면 술에 취해 거리를 헤매는 사람들이었습니다.
새벽 장사를 하는 라멘집에 들어가 시오라멘 한 그릇을 먹습니다. 호텔에 돌아와 다시 잠을 청해봅니다. 관광지는 8시가 되어야 문을 엽니다. 시간을 보내야 했습니다. 7시가 되었습니다. 호텔에서 나와 지하철로 향하고 청수사를 갑니다.

청수사는 아름답습니다. 금각사를 갑니다. 금각사도 아름답습니다.

참 많은 곳을 갔는데 13년 전 기억이라 이름들이 생각이 나지 않고 이미지들만 떠오릅니다.

그렇게 또 하루가 갑니다. 저녁이 되어 다시 호텔로 돌아와 씻고 침대에 누웠습니다.

저는 외로웠고 어제 갔었던 소나무 바에 다시 가게 됩니다. 가게는 10시쯤 오픈해서 다음 날 5시까지 하는 가게였는데 오픈 시간에 맞춰가니 오늘도 가게는 텅 비어 있었습니다.

혼자서 여러 잔의 술을 마시고 마스터와 이야기를 합니다. 사람의 정이 그리웠던 그때 사람의 말을 들어주는, 저의 이야기를 들어주는 마스터의 편안함에 제 마음을 주게 됩니다.

그렇게 순식간에 2시간의 시간이 흘렀고 12시 손님들로 가계는 붐비기 시작하고, 알바 스텝들도 가게로 출근해 가게는 북적입니다. 저는 사람들로 붐비는 곳이 어색했고 계산을 하고 일어나 채워지지 않는 공허함을 가지고 길을 헤매게 됩니다.

도톤보리 부근의 저녁 길은 조심해야 하는 곳입니다.

저는 그곳이 처음이었고 저는 아무것도 원하는 것도 없고 잃을 것도 없는 마음이었습니다. 순간 호객꾼이 옆에 붙어왔습니다. 무시하고 지나쳤습니다. 그때 조금은 다른 호객꾼이 옵니다.

타스케테쿠다사이… 도와달라는 말. 그 말만 기억납니다. 다른 여러 말은 기억이 나지 않습니다. 뭔가 안타까운 마음이 드는 말들을 해왔고 저는 알았다. 그래 네 말 들어줄게 하는 생각이 들었고 그 호객꾼이 이끄는 곳을 겁 없이 따라갑니다.

작은 바가 있었고 그 호객꾼은 저를 소개하고는 자신의 임무를 다했다는 표정을 하고 사라졌습니다. 여자 스텝 3명이 있었고, 회사원으로 보이는 남자 둘이 술을 마시고 있었습니다.

BAR라는 곳을 일본에서 처음 경험해 봤습니다. 그곳의 스텝들은 제게 말을 걸어왔습니다. 일본어로 대화가 시작되었습니다.
약 2년간 학원을 다니며 공부한 일본어가, 일본드라마를 보고 공부한 일본어가 들려왔습니다. 재미있었습니다.

바에서 몇 잔의 술을 마셨지만 전혀 취하지 않았습니다. 지금은 술을 마시지 못하는데 당시는 술을 꽤나 마실 수 있었습니다.
스텝들은 술을 권해왔고 저는 마시기 시작합니다. 그렇게 1시간이 흘렀고 스텝이 자신에게도 술을 사주면 안 되냐고 합니다. 까짓거 뭐 안 될 게 있겠습니까? 저는 호구가 되어봅니다.

술을 사줘 가며 이야기도 합니다. 스텝이 게임을 하자고 하는데 저는 게임을 못하기에 못한다고 합니다. 뻔한 이야기들이 왔다 갔고 저는 지루해져 호텔로 돌아가고 싶어졌습니다. 수중의 돈을 다 쓰고 가게에서 일어납니다. 이곳의 작은 인연이었던 스텝들에게 선물을 줍니다.

83년생 바보 장민수

즐거움은 길지 못했고 저는 다시 공허함을 느끼며 거리를 걷다가 제 발길은 소나무 바로 다시 향하게 됩니다. 폐점시간이 다 되어 가는 가게는 조용했고 마스터와 도톤보리에서의 일을 이야기했습니다.

마스터는 밤거리의 무서움을 알려주며 다시는 그런 사람들을 따라가지 말라는 말을 하고 저는 인사를 하며 호텔로 돌아옵니다.

그렇게 하룻밤을 새웠습니다.

저는 정신은 명료했지만 온몸이 지쳐버려 침대에 누웠고 잠을 자고 일어나니 오후가 되었습니다. 일본에서의 마지막 저녁이 되었고 다시 소나무 바를 찾습니다. 다음 날 배를 타고 한국으로 간다고 마스터에게 인사를 하고 호텔로 돌아옵니다.

자기계발서, 철학, 심리학, 종교 관련 책들은 저에게 작은 조각조각의 기억들을 남겼습니다.

이번의 날들 그리고 인연의 소중함, 기회, 작은 조각의 기억들이 저를 형성하였습니다. 태어날 때부터 가진 본성에 더해 작은 기억들이 저를 만들어 갑니다.

저는 선물하는 것을 좋아합니다.

아르바이트를 하며 만났던 인연들에게 줄 선물을 오사카 곳곳에서 구매합니다. 카이유관에서 아름다운 조개, 소라, 고래 인형, 금각사에서 금박 키홀더 등을 샀습니다.

당시 제게 가장 소중했던 사람들은 초밥집의 어린 순수한 마음을 가진 영혼을 가진 아이들이었습니다. 저는 마음이 텅 비어버려 빛을 찾아 미로 속을 헤매었고 그런 제게 미래를 향한 욕심과 꿈으로 채워진 아이들이 보여주는 빛에 에너지에 저는 이끌려 제 마음은 그 빛을 따라 움직였습니다.

귀국 후 집에 짐을 던지듯 던져놓고 가장 먼저 남포동으로 향합니다. 초밥집의 아이들을 조금이라도 빨리 보고 싶었습니다. 하지만 그곳을 그만둔 상태여서 쉽게 찾아가지 못하고 고민을 합니다. 고민은 잠시였고 보고 싶은 마음이 더 강렬해 부끄러운 마음을 뒤로한 채 그곳을 찾게 되고 일을 하고 있는 아이들을 불러봅니다.

쉬는 시간 30분 동안 나와 있는 아이들에게 제가 준비한 작은 선물들을 전달합니다.

하지만 그곳을 그만둔 저는 오랜 시간 그곳에 있을 수 없었습니다. 아이들은 일을 하러 다시 자기 파트로 돌아가야 했고 저의 기다림은 다시 제 마음에 어두움을 공허함을 불러왔습니다.

가게를 나옵니다.

그리고 집에 돌아옵니다.

저는 아르바이트로 식당에서 일하기 전까지는 쉼 없이 살았던 사람입니다. 시간을 사용한다는 것, 저의 하루에서 비는 시간은 없었습니다. 항상 일 뒤에는 새로운 일이 있었고 쉼이 없었기에 쉰다는 것을 해보지 못해 쉬지를 못했습니다. 쉬려고 해도 쉬는 방법을 몰랐던 것 같습니다. 그렇습니다. 무한의 시간이 있어도 그것을 이용할 수 있는 사람은 따로 있습니다. 평범한 사람은 무한의 자원을 주어도 사용하지 못합니다.

저는 알고 있습니다. 그리고 여러분도 알 것입니다.

기한이 정해지지 않은 채 무한정 개인에게 주어지는 자유는 사실 창살 없는 감옥이 되어 스스로를 옥죄어 온다는 것을. 무한해 보이는 시간을… 그런 시간은 그것을 경험한 사람들만이 알 수 있습니다. 제게 휴식은 고통이었습니다.

23살, 제게 긴 시간이 주어진 적이 있습니다. 아버지 공사 현장에서 허리를 다쳐 반년 동안 척추에 근육강화제 치료를 받은 적이 있습니다. 허리를 사용하지 못하니 할 수 있는 것이 없었습니다. 그때 아무것도 할 수 없는 무한정의 자유 시간이 있었습니다. 가만히 있어도 아프고, 잠을 자고 일어나도 아팠고, 화장실을 갈 때도, 잠시 잠깐도 아팠습니다. 무한의 자유가 있었지만 사용할 수 없는 시간이어서 할 수 있는 것이 없었고, 그 괴로웠던 시간도 시간이라는 명약이 처방되어 흘러 지나갔습니다.

제가 인지하지 못할 정도로 시간은 느리게 흘렀지만 1년이라는 시간이 흐르는 동안에 저는 치유되었습니다. 치료는 고통스러웠습니다.

한 달에 두 번 척추에 주사를 직접 꽂아 주사액을 넣는 치료법으로 치료될 수 있다는 의사 선생님의 말에 믿음을 가지고 6개월이라는 시간을 참아내고 또 고통을 참아내며 일을 하러 다니는 순간순간의 시간이 흘러 저의 몸은 정상의 몸에 가까워졌습니다.

저의 대부분의 삶은 고통을 참아내야 하는 시간들이었습니다. 중학교 때까지는 비염이 너무 심해 1시간의 수업도 제대로 받지 못하는 정도였습니다.

22살 비염 수술은 고통스러웠습니다. 요즘 비염 수술도 그 정도로 고통스러울지는 모르겠지만 당시 수술 후 이틀 밤을 지새웠고 2주 동안 피딱지가 저를 괴롭혔습니다.

고통스런 나날들이 이어져 왔습니다. 즐거운 나날 보다는 견디기 버거웠던 순간들이 많았습니다. 말로는 다 할 수 없는 순간들이 많았습니다.

누나의 아픔, 어머니의 아픔, 아버지의 병약함, 형이 무자비하게 쉼 없이 가족들에게 전하는 빚들, 친척들의 이기적이고 배려 없는 행동들. 사회의 어두운 단편들을 경험하고 고민을 나눌 곳이 없던 저는 저 스스로 모든 것을 해결해야 한다고 무조건 버텨이겨야 한다고 생각했습니다. 제가 읽었던 수많은 책들은 말했습니다.

책임을 자기에게 두지 않고, 남에게 맡기면 스스로의 인생을 남에게 맡기게 된다고 자신은 없게 된다고 하였던 것 같습니다. 스스로의 시각으로 보아야 한다고 했습니다. 저는 책을 이용한 자기 최면을 통해 고통의 순간들을 망각의 섬으로 떠나보내곤 했고, 저에게도 한계가 찾아왔습니다.

저는 책들의 글만 이해하려 했습니다. 그런 어리석음으로 인해 저는 병이라는 결과물을 보상받게 됩니다… 조울증이라는 결과를 받게 됩니다.

저는 루틴에 따라 움직입니다.

저는 많은 책을 읽었고, 기억력이 좋지 못한 저는 몸의 기억으로 행동으로 부자들의 숨은 행동과 철학을 따라 하려 했던 것 같습니다. 책을 보며 깨달은 것인데 저희 어머니는 정규교육과정이 아닌 가정에서 배운 가정교육으로 부자들이 하는 행동을 하고 계셨고 저는 책 속의 행동들이 이미 제 몸에 체득되어 있음을 깨달았습니다.

사실 깨달음이란 특별한 것이 없습니다. 과거의 사람들도 이미 알고 있던 것들을 요즘의 말로 설명하는 철학자, 논객들을 보면 알 수 있는 것입니다. 사전지식, 역사에 대한 지식만 있으면 진짜와 가짜를 구분해 낼 수 있습니다.

살아 있는 생명체는 언젠가는 죽습니다. 다만 죽을 때를 모르기 때문에 평소에 자신의 행동을 통제하는 것 같은 생각이 듭니다. 가끔은 자신의 행동과 가족의 행동을 전혀 통제하지 않고 자신만의 세상을 사는 사람들을 보면 이 사람들 또한 병들어 있지 않은가 생각합니다.

저는 진지합니다. 생과 사를 경험한 사람은 무엇인가를 초월하는 경험을 합니다.

저는 북경에서 저의 생명을 타인에게 맡겨보았습니다. 저는 모든 것이 귀찮아져 편해지고 싶어집니다. 가족에 대한 생각, 회사에 대한 생각, 개인적인 인간관계, 나의 재물. 모든 것이 필요 없어져 나의 생명을 도로 위에 던져놓고 사라지기를 기대했습니다.

저는 살아남았고, 회사에 사직서를 전달하고, 휴식하다 생전 처음으로 삶의 목표가 되는 일을 경험하였습니다. 하고 싶은 일을 찾은 듯했습니다.

하지만 이것은 나만의 생각이었는지 6개월간의 나의 전력투구에도 일본인 점장의 마음을 얻지 못하고 이용만 당했습니다.

83년생 바보 장민수

그리고 도망치듯 오사카로 여행을 떠났고 여행 기간이 다 되어 한국에 돌아왔습니다. 공허함이란 어떻게 해도 부족해 어떤 것을 사서 채워도 채워지지 않는 것이라는 것을 알게 됩니다.

　일본 여행에서 얻은 경험은 소나무 바의 마스터라는 인연이었습니다. 여태껏 남의 이야기를 듣기만 하던 저였는데 저의 이야기를 누군가가 진중하게 들어주고 조언해 준다는 것은 돈을 써서 얻은 시간들이지만 귀중한 시간이었습니다.

　한국에 돌아와 다시 찾은 저의 첫 아르바이트였던 일터는 제가 있을 곳이 아니었습니다. 공허함은 많은 생각들을 불러일으킵니다. 만화 영화에서 본 상황들이 저의 현실과 겹쳐 보입니다. 영화에서 본 내용이 저의 멍한 시선과 겹쳐 보이고 들립니다. 가야 하는 방향을 잃어버린 저는 비어버린 마음으로 인해 쓸데없이 많은 돈을 수중에 가지고 다녔습니다. 평소에는 가지 않는 비싼 레스토랑에 가서 요리들을 이것저것 시켜보고 친절한 종업원이 있으면 5만 원권을 꺼내 팁을 줍니다.

　당시 제 지갑에는 미화 7,000달러 이상 5만원 권 30장 이상의 돈이 있었습니다. 지갑은 터질 듯 두꺼웠습니다.

　조울증은 조증과 울증이 극과 극의 대립을 이루는 병이라고 합니다. 때로는 천재가 되고 때로는 미치광이가 되는 양극성 장애… 저는 때로는 너무 어둡고, 때로는 너무 정열적인 밝은 사람이 되었습니다.

병을 얻기 전의 저를 본 대부분의 사람들은 저를 조용하다고 평가하고 어떤 사람들은 정열적이다 뜨겁다, 카리스마가 있다고 말하곤 했습니다.

저의 일면들만 경험한 그들은 저의 일면을 보고는 그렇게 자신이 경험한 저를 평가하곤 했습니다.

저의 29년간의 생활은 참아야만 하고 철저하게 저의 마음을 단속해야만 하는 생활들이었고, 저는 29살 8월 폭탄을 짊어진 채 터지기만 기다리는 위태로운 상태로 하루하루를 보냈습니다.

저는 채워지지 않는 공허함에 온몸이 망가지는 상태가 되어갑니다. 돈을 물 쓰듯 쓰고 다녔습니다. 그 무렵 저의 주위에는 이상한 사람들이 맴돌았습니다.

아무 직업도 없는 아이가 카드를 물 쓰듯 쓰고 현금을 아무에게나 주고 부자인 행세를 했으니 저를 이용하려는 사람들이 주위에서 왔다 갔다 했습니다. 사실 이용당하려 이곳저곳을 제가 기웃거렸습니다. 저는 소멸을 원했습니다.

그렇게 하루하루를 보내다 해운대의 어느 식당에 발길이 향합니다. 저는 당시 극도로 예민한 상태였고 밥 한 그릇도 제대로 먹지 못하는 상태였습니다. 오뎅의 냄새가 저를 유혹했고 저는 식당에서 오뎅을 주문하고 먹으려 합니다. 하지만 몸은 음식을 거부합니다.

오뎅 한입을 베어 물고 다시 뱉습니다. 그대로 5만 원권 한 장을 두고 일어서 가게를 나서는데 왠지 담배를 사고 싶어집니다.

담배는 피우지도 않는데 말이죠. 담배의 포장지가 너무 아름답게 보였습니다.

저는 사장에게 전시되어 있는 담배 처음부터 끝까지 하나씩 달라고 합니다.

사장은 저를 이상하게 생각하고 저는 돈을 보여주며 달라고 합니다.

사장은 팔지 않는다고 합니다. 그때 저는 오기가 생깁니다. 돈을 보여주며 다시 담배를 팔라고 하는데 사장은 팔지 않습니다. 필요해서 담배를 사려 한 것이 아닙니다. 그냥 오기를 부린 것입니다. 그때 갑자기 저의 머리에서는 수많은 생각이 왔다 갔다 했고 순간 모든 것의 허황됨이 공허함이 제 마음대로 되는 것이 하나도 없는 세상이 싫어집니다.

저는 지갑을 가게에 던져 놓고 가게를 나옵니다. 사장은 지갑을 들고 저를 쫓아와 지갑을 전해줍니다. 저는 거부했고 사장은 더 이상 저를 더 붙잡지 않습니다.

저는 빈털터리가 되었습니다. 그리고 두 번째로 저의 목숨을 건 도박을 합니다. 해운대 8차로의 도로를 왔다 갔다 합니다. 저는 저의 목숨을 다시 버리려 했습니다. 남의 손을 빌려서 말이죠… 얼마 지나지 않아 경찰차가 저를 향해 옵니다.

그들은 저의 신상을 묻고는 저를 차에 태워 집으로 데려다줍니다. 특별한 조치는 없었습니다. 단순하게 목숨을 버리려는 사람 그 이상도 이하도 아니었습니다. 그들은 자신들의 일을 묵묵히 수행하고는 사라졌습니다.

저는 뇌관이 뜨거워지는 수류탄 같았습니다. 약간의 진동만 있으면 터져버릴 것만 같은 상태였습니다.

집에 돌아왔지만 몸만 돌아왔지 정신은 돌아오지 못하였고 끊이지 않고 이어지는 생각들은 머리를 헤집고 있었고, 저는 기행들을 합니다.

저는 누군가가 저를 보고 있다는 생각을 했고, 저는 보이지 않는 존재와 장난을 치고 있었습니다. 온몸이 부서질 듯 아프고, 머리가 아프고 귀는 왱왱거렸습니다. 잠을 자고 싶었지만 잠이 들 수는 없었습니다.

그러다 다시 저는 저를 부숴버리고 싶었고 깊은 밤 도시 고속
도로를 걷습니다. 그러다 다시 경찰에게 잡혀 왔습니다. 약간의
질문이 있었고, 신상 조사가 있었고, 대답을 다 해내니 다시 집으
로 데려다줬습니다. 저는 수많은 기행을 했습니다. 분명한 것은
제가 한 기행을 대부분 기억한다는 것입니다.

제가 아픈 동안에는 수많은 사건이 있었고 저는 제가 저를 가
누지 못하는 상황에서도 계속 생각을 합니다. 그러던 어느 순간
저는 병원에 입원해야 한다는 생각을 합니다. 그러곤 부모님께
병원 입원을 시켜달라고 합니다.
부모님은 아들이 이상한 행동을 해도 그동안 제가 겪었던 회사
에서의 수난과 집안에서의 과중한 책임이 저를 그렇게 만들었다
생각하고 금방 다시 제가 괜찮아질 거라 생각했습니다. 당시 누
나는 아파서 집에 누워 있었고, 형은 매일같이 카드와 빚을 가지
고 집을 힘들게 했습니다.

저는 집안에서 유일하게 문제없는, 문제없어 보이는 아들이었
고, 그런 아들이 스스로 정신병원에 입원해야 한다고 말하니 부
모님은 받아들일 수 없어 했습니다.

하지만 어머니는 결정했고 저를 병원에 입원시킵니다.

저의 병원 생활은 약 두 달간 이어졌습니다.

정신병원에 대해서 여러분은 어떻게 생각하시나요? 정말 정신에 문제가 있는 사람들만 그곳에 갈까요?

정신의 문제는 무엇일까요? 저는 저의 뇌가 만들어 내는 수많은 이상 신호들을 경험하고 스스로 병원을 가야 한다고 부모님께 말했습니다.

제가 저의 문제를 스스로 인지했습니다. 저는 그곳 병원을 경험하고 또한 40여 년간 삶을 이어오며 정상과 비정상의 경계에 대해 어떤 구분을 할 수 있게 되었습니다.

정신병원

정신병은 감기와 같다고 생각합니다. 가벼운 감기가 있고, 독한 독감이 있고 독감이 심해져 폐렴이 올 수 있고, 더욱 심하면 폐병이라고 말하는 피를 토하는 증상으로 더욱 악화되면 죽음에까지 이를 수 있다고 생각합니다.

사람들은 감기를 대수롭지 않게 생각합니다. 주변을 돌아보면 계절이 바뀌는 환절기에 기침하고 몸살을 앓는 사람을 쉽게 보기 때문입니다.

감기에 걸리면 사람들은 약국에서 종합감기약을 먹습니다. 대부분의 약한 감기는 이 종합감기약만 먹어도 낫습니다. 하지만 감기가 심하게 찾아오면 한 달, 두 달이 지나도 계속되는 감기로 고생합니다. 아이 때는 잘못하면 감기로 인한 합병증으로 목숨을 잃을 수도 있습니다.

사람들은 자신이 제대로 알지 못하는 것에 대해서 통제가 되지 않는 것에 대해 불안감을 가지고 있습니다.

장애인들을 보는 보통의 시각들을 보면, 안됐다는 생각과 더불어 피하고 싶다는 생각을 하는 것을 느낍니다.

저 또한 혹시라도 육체의 장애를 갖게 될까 두렵습니다. 1년간 몸을 제대로 움직이지 못한 경험을 해본 저는 장애라는 것이 특별하지 않다는 것을 알고 있습니다.

사실 저는 조울증이라는 장애를 가졌습니다.

두려움이란 원인 모를 두려움이 경계를 만들고 벽을 만듭니다.

대다수의 건강한 육체를 정신을 가진 사람의 하루는 장애를 가진 사람의 하루를 생각할 수가 없습니다. 한국 사회는 물론 대부분의 사회에서 생활하는 장애인은 보통의 사람들의 도움을 받지만 그들은 도움을 원하는 것이 아닙니다. 그들 자신의 의지대로 자신의 한계를 뛰어넘으며 살고 싶어 합니다.

하지만 현실의 사회의 벽을 그들이 뛰어넘기 위해서는 보통의 사람들의 도움이 없이는 육체적인 부분에서 뛰어넘을 수가 없는 게 현실입니다. 현재 정상적인 평범한 삶을 살고 있는 사람들은 장애인을 약자로 생각하고 작은 도움을 줄 여유와 생각은 있어도 그들이 내 가족이 되거나 내가 그런 장애를 가지게 된다는 것을 생각해 보라고 하면 장애를 갖는 대신에 삶을 포기할 사람도 있어 보입니다.

저는 기도합니다. 삶이 많이 고통스러웠으니 혹시라도 제게 더한 시련과 시험이 있다면 저를 그만 놓아주시라고 주님께 빌어봅니다.

그리고 주님의 도구이니 주님 뜻대로 사용하시라고도 기도합니다.

잘 알지 못하는 것은 두려움으로 다가옵니다. 지금 인터넷에서 장애를 가져 등록한 한국인의 장애 비율을 검색하니 5.2%라는 결과가 나옵니다. 결과대로라면 100명 중 5명 이상이 장애인입니다.

하지만 거리에서 장애인을 만날 수 있는 경우는 거의 없습니다. 서면같이 번화한 곳에는 거의 찾아볼 수 없습니다.

장애인을 만나려면 병원 근처에 가야지 만날 수 있습니다.

장애를 가진 사람들은 움직여야 할 때 꼭 가족의 도움이나 보호사의 도움을 받지 않으면 자신이 원하는 곳에 갈 수 없습니다. 그리고 도움이 필요한 그들은 사회에서 격리되어 한곳에서 소수의 보호자들의 도움을 받고 살아갈 수밖에 없습니다.

정신의 문제에 대한 사람들의 인식이 많이 달라졌습니다. 육체적인 장애를 가진 사람도, 정신적인 장애를 가진 사람도 사람입니다. 본능이 있습니다.

그래서 사람으로서 마주하는 사람들의 눈과 표정을 보면 그 사람이 말로 감정을 전하지 않아도 그들이 현재 느끼고 있는 감정들을 고스란히 전달받을 수 있습니다.

장애를 가진 자녀를 가진 부모는, 그리고 가족은 특별한 경우를 제외하고는 그들 집안의 속사정을 말하지 않고 숨깁니다. 저는 조울증 진단을 받고 사회생활을 하는 데 문제를 겪은 적이 없습니다. 하지만 여태껏 10여 년간 주변 사람들에게 저의 진단 결과를 숨겨왔습니다.

조울증은 관리하면 사회생활을 할 수 있는 병입니다.

83년생 바보 장민수

계절이 바뀔 때 생각의 흐름이 빨라지기도 하고 느려지기도 합니다. 하지만 지능에 문제가 있는 것이 아닙니다.

저는 도덕적입니다. 거짓말을 하지도 않고 남의 말을 가로채지도 않습니다. 물건을 훔치기는커녕 마음이 동하면 제 것을 있는 대로 나눠줍니다. 가끔은 욕심이 많아져 물건을 많이 사는데, 또 시간이 지나면 후회하고 그것이 필요한 사람이 있으면 나눠주려고 애씁니다.

저는 저를 조절하려고 합니다. 기분이 처질 때는 힘을 내려 하고, 기분이 너무 좋을 때는 그 좋은 감정을 숨기려고 합니다. 혹여라도 내가 처진 기분으로 주변의 기분을 어둡게 할까 봐, 너무 좋은 기분으로 주변을 시끄럽게 할까 봐 가능하면 말수를 줄이고, 제가 나서야 하는 곳에서만 나서서 말을 합니다.

저는 40년간 일하면서, 살아가면서 다양한 사람들을 만나고 알게 되었습니다.

사람이란 살아가면서 한 번 혹은 그 이상, 수도 없이 다치고 상처 나고 또다시 회복한다는 것을 알게 되었습니다.

과연 살면서 한 번도 문제를 겪지 않는 사람이 한 명이라도 있을까요?

만약 그런 사람이 있다면 하늘의 모든 복을 받은 사람이거나 하늘의 모든 불행을 받은 사람이라고 생각합니다.

희로애락이 없는 삶, 고통이 없는 삶은 즐거움이 없는 삶입니다. 고통이 있어, 통증이 있어 보통의 삶이 평온하다는 것을 알 수 있습니다.

거짓말을 하는 사람이 있어 정직한 사람이 특별합니다.

어둠이 있어 우리는 저녁에 방해받지 않고 잠을 잘 수 있고, 다음 날 밝은 해가 떴을 때 오늘을, 하루를 살아갈 수 있는 것입니다.

대낮만 있는 세상, 그런 세상을 바라는 분은 없을 줄 압니다.

우리가 알고도 관심을 갖지 않고, 보통은 생각하지도 않는 곳에 사회의 아픔이 숨어 있습니다.

우리는 코로나를 겪었습니다. 사회와의 단절을 겪었습니다. 마스크를 끼고 있지 않으면 경계를 받는 세상, 기침 한 번에 집중되는 눈초리를 겪었습니다.
백신을 맞지 않으면 병균을 옮기는 매개체가 되는 듯한 오해를 받았고 국민의 대부분이 국가의 힘 앞에 굴복해 자신의 생명을 담보로 이름 모를 백신을 맞았습니다.
그리고 일부의 사람은 백신의 부작용으로 생명을 잃었습니다.

83년생 바보 장민수

어쩌면 보통의 삶을 사는 사람들이 처음으로 겪는 사회와의 단절이었을 것입니다. 그리고 폭력이었을 것입니다.

이것을 보통의 장애인은 매일 겪고 있습니다. 저는 모든 병을 장애라는 것으로 대입해 봅니다.

육체적인 장애, 정신적인 장애.

장애는 감기와 같다고 생각합니다. 누구도 예외 없이 피해갈 수 없는 것입니다. 감기를 약하게 걸리는 사람이 있고, 심하게 걸리는 사람이 있습니다.

저는 저의 멈추지 않는 생각을 스스로 조절하지 못했고, 잠을 자지 못하고 밥을 먹지 못하는 고통을 한 달여간 겪었고, 저의 문제를 알아줄 수 없는 환경에서 고통은 심해졌고 스스로 병원에 들어가야 한다고 부모님께 말하고 입원을 두 달여간 하고 난 후 어느 정도 생각을 멈출 수 있게 되어 병원을 나오게 되었습니다.

제가 기억하는 바로 실제 치료가 되는 시간은 한 달여의 시간이 걸렸고, 다음으로는 제가 정신적으로 회복되었다는 것을 증명하는 과정이 필요했습니다. 스스로 찾아들어 간 병원이었지만 담당 의사에게 저의 나의 나아진 상태를 확인받고 그들의 증명이 있어야 병원에서 나올 수 있었습니다.

일반적인 보통의 병원은 개인이 자유롭게 들어가고 나올 수 있어도 정신병원은 담당 의사의 진단이 있어야 사회로 다시 나올 수 있습니다.

병원 생활은 특별함이 없었습니다.

꼭 20대 때 갔던 신병훈련소의 환경과 비슷했습니다. 병원의 옷은 환자복은 지급되었지만 속옷은 빨아 입었습니다.

2주에 한 번 10만 원의 용돈을 사용해 과자를 살 수 있었습니다. 초코파이와 콜라를 가장 많이 사 먹은 것 같습니다.

처음의 병원 생활은 무서웠고, 시간이 지나자 그곳에서도 친구가 생겼고, 형이 생기고, 동생이 생겼습니다. 병원에는 노래방 기기가 있었고, 전화가 있었고, 만화방이 있었습니다.

지루할 때면 노래방에서 순서를 기다려 노래했고, 만화방에서 만화를 보고 저녁이면 부모님에게 전화했습니다.

사회의 사람들과 병원 안의 사람들은 특별히 다르지 않았습니다. 그래 보였습니다. 사람들은 온순했고, 친절했습니다. 자신의 아픔이 있어 다른 사람의 아픔을 감쌀 수 있었습니다.

하루에 한 번 병원 옥상에 햇빛을 보러 나가기도 하고 병원 자체에서 하는 교육도 있었습니다. 병원은 새로운 하나의 사회였습니다.

혹시라도 가족 중에 정신적인 혼란을 겪고 있는 사람이 있다면, 그리고 자신이 그런 혼란을 겪고 있고 혼자서 자신을 조절할 수 없다면 스스로 병원을 찾아가 입원하는 것도 한번 고려해 보았으면 좋겠습니다.

실제로 알코올을 조절하지 못하는 사람들, 무엇인지 모를 병을 가진 사람들이 스스로 입원하고 휴가를 나가고 하는 것을 보았습니다.

저는 서비스직에서 10여 년 일했고, 일반회사에서도 10여 년 일했습니다. 42년의 삶을 살았습니다. 그동안 많은 사람을 보았습니다.

사기꾼도 보았고, 거짓말쟁이, 폭력적인 사람, 불안정한 사람, 지능 장애를 겪는 사람, 육체적 장애를 겪는 사람, 소아마비를 겪어 몸이 불편한 사람, 간질을 겪는 사람을 보았습니다.

그리고 친구 중에는 폐암으로 30대에 하늘나라로 간 사람, 20대에 갑작스런 심장마비로 하늘로 간 사람, 출근 중 아침에 운동을 갔다 오던 중에 죽은 사람의 이야기를 주변 사람들을 통해 들을 수 있어 깨달음을 얻을 수 있었습니다.

사람은 태어나는 날짜는 예측해도 죽는 날짜는 예측할 수 없습니다.

감기는 누구나 겪는 병입니다.

자신이 장애인이 될 거라고 예상하고 바라는 사람은 아무도 없습니다. 저 또한 29살에 이런 질병을 겪게 될 거라고는 상상도 하지 못했습니다.

눈에 보이지 않는다고 없는 것이 아닙니다. 눈에 보이지 않지만 우리는 보이지 않는 공기로 숨을 쉬고 숨을 쉬지 않는 사람은 죽은 사람입니다.

사람은 살면서 아픔과 고통을 겪게 되어 있습니다.

책에서인지 방송에서인지 정확히 기억이 나지 않지만 사람은 죽을 때 똥과 오줌을 지린다고 합니다. 아무리 깨끗하게 자신의 몸을 관리하고 죽고 싶어도 사람의 마지막은 깨끗하지 않습니다. 그래서 장례지도사 분들이 몸을 깨끗이 닦고 주머니가 없는 수의를 입히지요…

사람은 모르는 것에 대해 두려움을 갖습니다. 저는 죽음에 대해서는 모릅니다. 하지만 통증에는 두려움이 있어도, 생명의 끝에 대한 두려움은 없습니다.

제가 한 세 번의 자살 시도로 제 생명이 저의 관리하에 있지 않다는 것을 깨달았기 때문입니다.

제가 저의 흠을 사람들 앞에 이렇게 말할 수 있는 이유는, 부끄럼 많은 제가 이렇게 글을 쓸 수 있는 이유는 모든 사람들에게 평화가 찾아왔으면 하기 때문입니다.

우리나라는 현재 풍요 속의 빈곤을 겪고 있습니다. 이미 충분히 가졌는데도 만족을 하지 못하고 끝없는 탐욕을 부립니다.

보통 짜장면 한 그릇이면 배고픔을 해결할 수 있습니다. 하지만 짜장면 곱빼기를 먹고, 거기에 더해 남길 탕수육을 시킵니다. 그렇게 하면 군만두가 따라옵니다.

사람들은 정신적인 결핍을 채울 수단으로 가장 쉽게 할 수 있는 원초적인 식욕을 해결하고, 다음으로 옷과 장신구를 사며, 마지막으로 차와 좋은 집을 삽니다.

공짜라면 양잿물도 마신다는 이야기가 있습니다.

실제로 뷔페는 2~3만 원이라는 돈으로 백여 가지의 음식을 먹을 수 있는 시간을 팔고 사람들은 그곳에 가면 지금껏 감춰왔던 자신의 탐욕을 마음껏 풀어헤쳐 음식을 담아 옵니다.

초밥은 밥과 생선으로 하나의 초밥이 됩니다. 하지만 일부 사람들은 회만 집어 먹고, 남은 밥은 자신의 핸드백 속에 숨기고 접시와 접시 사이에 밥을 숨겨 놓습니다.

어떤 사람은 음식을 수없이 집어삼키고 화장실을 찾아들어 가여태껏 먹은 것을 토해놓고 또다시 뷔페의 음식을 집어삼킵니다.

저는 이런 광경을 수없이 지켜보고 그들에게 그런 행동을 말아 달라고, 부탁을 하고 때로는 저희 직원이 한 작은 실수로 인해 그들에게 무릎 꿇고 오히려 사과를 올린 일도 있습니다.

과연 정상과 비정상, 장애와 비장애의 경계가 어디에 있을까요?

저는 저의 문제를 알고 치료를 받으려 한 달에 한 번 병원을 찾습니다. 상담을 받고 약을 처방받아 매일 그 약을 먹습니다.

하지만 제가 사회에서 겪은 많은 사람은 자신의 문제를 모르는 듯 행동을 했습니다.

83년생 바보 장민수

지식의 양에서 그 사람의 품격이 차이가 나지도 않았습니다.

사기를 치는 대부분의 사람은 자신의 위치, 사회적인 지위를 내세웠습니다. 교사도 있었고 임원도 있었고 사장도 있었습니다.

그들은 자신만의 지식과 생각으로 보통의 사람들로서는 생각할 수 없는 기가 막힌 논리를 제시하면서 거짓말을 입에서 토해 냈습니다.

과연 병원을 찾아가야 할 사람이 누구일까요?

문제는 문제의 원인을 발견해 내지 못하는 데서 문제가 발생합니다. 문제가 있어도 문제라고 인식 못 하는 사람들이 있습니다. 그리고 대부분의 선량한 아픈 사람은 혹여 가족에게 피해가 갈까? 주변에 민폐를 끼칠까 생각하여 자신을 단속하고, 자신의 가족을 통제합니다.

하느님

저는 가끔 이런 생각도 합니다.

제게 일어났던 일들이 하느님께서 저를 더욱 단련시키려고 저를 너무도 사랑하여 고통을 주셨지 않은가 생각했습니다. 세상의 많은 천재들은 편집증, 조울증, 공황장애 말로 다 열거할 수 없는 정신의 병을 가지고 있었습니다.

말이 정신병이지 한곳으로 정신이 몰려 있는 상태인 것입니다. 그래서 보통의 사람은 할 수 없는 하느님의 비밀 선물을 이용할 수 있습니다. 끝없는 상상과 집중이라는 무거운 책임의 선물을 받습니다.

천재와 바보는 극단적으로 상위 위치에 그리고 하위에 자리합니다. 하지만 닮았습니다. 유일무이합니다.

천재는 하늘에서 내리고 같은 하늘에 두셋이 될 수 없습니다. 그리고 두셋이 태어나면 누군가는 앞서고, 누군가는 뒤에 서게 되는 등 순서가 매겨집니다.

하지만 천재에게는 그런 순서는 무의미합니다. 이미 정신적으로 세상의 원리를 이해했기에 더욱더 많은 지식이 필요가 없습니다. 탐구 대상에 대해 탐구할 뿐 그것이 천재가 원하는 것이 아닙니다.

바보는 생각하는 의미 그대로입니다. 때로는 아는 것이 모르는 것이고 모르는 것이 전부를 아는 것입니다. 그런 의미에서 고민을 생각을 할 수 없는 바보는 아무것도 몰라서 행복합니다.

저는 저를 83년생 바보 장민수라고 칭합니다. 저도 제게 주어진 고난을 받아 삼키고, 예수님을 알기 전 저는 종교를 갖기 전까지는 자신만 믿어야 하는 줄 아는, 견뎌내기만 하면 이겨낼 수 있다고 생각하는 어리석은 사람이었습니다.

사람을 구분하다

사람은 태어나서 자신을 알아가는 과정을 가집니다.

소유욕이 강한 사람, 물욕이 없는 사람, 화가 많은 사람, 조용한 사람, 정신력이 강한 사람, 나약한 사람, 거짓말쟁이, 착한 사람, 말로 다 할 수 없는 사람이 있습니다.

저는 참 이상한 사람입니다. 39살에 처음으로 MBTI 검사라는 것을 알았습니다. 초밥집 알바생들에게 이 검사가 유행했습니다. 자신을 알기 위해 스스로 검사를 받았고 아이들은 영어로 된 4자리 알파벳으로 자신을 설명했습니다.

알바를 하는 똑똑한 아이가 제게 "점장님 점장님은 MBTI가 뭐예요?" 하고 저에게 묻습니다. 저는 모른다고 했습니다. 아이는 집요하게 제게 검사를 한번 해 보자고 요청합니다. 저는 거절합니다.

나는 가톨릭 세례를 받을 때 미신과 관련한 것은 거부할 것을 서약했다고 말하고 아이는 MBTI는 검사지 미신이 아니라고 저를 회유합니다. 하지만 당시에는 다른 이유보다 피곤함에 귀찮았고 끝까지 검사를 하지 않겠다고 합니다.

그리고 집에서 쉬다가 문득 이렇게 아이들이 자신을 알고 싶어 하여 자신을 검사하고 또 그것으로 사람을 대충 추측할 수 있다는 것에 흥미가 생겨 인터넷에서 MBTI를 검색하고 혼자서 조용히 검사해 봅니다.

저는 INFJ로 나왔습니다.

다음날 가게에 가서 아이에게 자랑스럽게 결과를 말합니다. 아이는 당황스런 표정을 짓습니다. 주변에서 INFJ를 보지 못했다고 말했습니다.

저는 검사 결과와 판별지를 읽고 제가 세상에 대해 가지고 있던, 저에 대해 가지고 있던 문제들에 대해 어렴풋이 비슷하다는 생각을 합니다. 저는 진지하게 말을 했습니다. 하지만 아이는 금세 흥미를 잃고 지나갑니다.

남의 일 입니다.

연결

저는 연결이라는 단어, 이어진다는 단어에서 말 그대로의 연결을 발견했습니다. 저희들은 공기로 연결되어 있습니다. 제가 내뱉은 숨을 당신도 마십니다. 그리고 당신이 내뱉은 숨을 저도 마십니다.

저희들은 물로도 연결되어 있습니다. 저는 물을 마시고 그 물은 순환하여 제게 다시 돌아오기도 하고 다른 자연의 일부로 돌아가기도 합니다. 물은 지대가 높은 곳에서 아래로 흐릅니다. 중력의 영향으로 물은 공중에 뜨지 않지만 우주에서는 물도 공중에 뜨고 우주인은 그 공중에 떠 있는 물을 마십니다.

그리고 우주에서는 물을 정화해서 계속 마실 것 같습니다. 자신이 배출한 물을 자신이 마시고 동료 연구원이 배출한 물을 자신이 마십니다.

사람은 분명히 자연으로 돌아갈 것입니다. 그러면 제 몸은 영양분이 되어 대지에 흡수되고, 물은 물대로 살은 살대로 뼈는 뼈대로 자연의 일부가 될 것입니다.

뒷이야기

안다는 것과 이해한다는 것의 차이를 알고 있습니까?

진정으로 이해하고 있습니까? 진짜? 정말? 진실로 이해했습니까? 책을 이해하고, 사람을 이해하고, 사물을 이해하고, 존재를 이해하고, 우리가 이해해야 할 것은 많습니다. 어디까지 이해하고 있고 어디까지 이해하고 싶습니까?

모든 것을 알고 싶습니까? 욕심부리지 말았으면 좋겠습니다. 다 알고 나면 허무합니다. 귀찮아집니다. 저는 게임을 하는 것을 좋아하지 않습니다. 그냥 게임을 잘하는 사람을 보는 것이 좋습니다. 내가 생각하는 것이 귀찮습니다. 다른 사람의 생각의 과정을 탐닉하는, 엿보는 것을 좋아하고 내가 움직이기보다는 남이 움직이는 과정을 추론하는 것이 좋아서 책을 읽습니다.

그래서 내가 쓴 글을 보고 또 읽고 고치고, 또 씁니다. 대학교 교수들이 과연 학생들의 논술을 평가할 자격이 있을까요? 요즘은 모르겠지만 제가 대입할 시절의 교수들은 논술을 하지 않았습니다. 독서 감상문 정도 작성했을 겁니다. 그래서 자격이 없었습니다.

저는 고등학교 시절부터 29살 때까지 책을 많이 읽었습니다. 저의 독서법은 한 권을 정독해서 끝내는 방법이 아닌 병렬 독서법입니다. 10권에서 20권 이상 나눠서 단락씩 읽고 시간의 양으로 독서를 끝마칩니다. 한 권을 처음부터 끝까지 읽으면 대부분 지겹습니다. 가끔 생각의 흐름이 연결이 물처럼 이어지는 책을 만날 때 빼고는 그런 경우는 거의 없습니다.

10여 년간 책을 읽었을 때, 즉 17살에서 29살까지는 한국 작가의 책은 거의 읽지 않았고 외국 작가의 책을 읽었습니다. 제가 책을 고르는 수준이 낮아서인지 아니면 한국 작가의 지식의 깊이가 낮아서인지는 모르겠지만 『토지』, 『태백산맥』, 『아리랑』 등 몇 권의 책을 제외하고는 기억에 남는 책이 없습니다.

10여 년간 책을 읽다가 책을 끊은 이유는 모든 책이 불교, 성서, 유교로 통하는 길로 연결되어 있음을 깨달아 더 이상 볼 필요가 없어서 읽지 않았고, 10여 년이 흐른 지금 책을 다시 잡게 된 이유는 코로나로 세상의 아픔이 너무 보여서 지금의 저의 지식으로는 부족한 것 같아서 다시 공부하면 힘든 이들에게 내가 조금이나마 보탬이 될 수 있는 길이 있지 않을까 하는 작은 생각에서 시작되어 책을 읽게 되었고 지금은 글을 쓰고 있습니다.

20년 전 논술이 시작되고 사람들이 외국에서 공부도 해 오고 지식의 깊이가 깊어져서인지 몰라도 아니면 내가 10년을 더 나이 먹고 보니 좋은 책을 고를 수 있는 혜안이 생겨서인지 몰라도 요즘의 책은 재밌습니다.

사람의 그릇은 타고나는 것이라 억지로 키우려고 하지 않았으면 좋겠습니다. 너무 많이 알면 그 책임 또한 너무 커져 힘듭니다.

자기가 알고 싶은 만큼 알고 너무 많이 가지려 하지 말았으면 좋겠습니다. 너무 일찍 깨달으면 살아가야 할 이유가 없어집니다.

이재용 회장이 그 그릇만큼의 책임, 故 김우중 회장님, 故 정주영 회장님이 그들만의 그릇의 책임, 이상 열거할 수 없는 책임을 지고 대한민국을 건설하고 국민들을 입히고, 배를 불리셨습니다. 이런 것들에 대해 과거 세대 부모님들 세대에 대해 저희들은 감사함을 표시해야 합니다.

현재의 부는 부모님 세대의 노력으로 이루어졌고 현재 세대들은 다음 세대에게 이 부를 그대로 돌려줘야 하는 책임이 있습니다. 대한민국에 태어났다는 것은 10대 경제 대국의 책임을 지고 태어났다는 것이고, 헬조선을 말하기 전 아프리카 등 저개발국가를 바라보고 안타까운 마음을 어떻게 전할지 생각해 봐야 합니다.

대한민국은 섬나라입니다. 위로는 북한 러시아 중국 아래로는 일본이 막고 있습니다. 대한민국을 베이스 캠프로 우리 젊음을 가진 학생들은 세상을 무대로 즐겨 싸웠으면 좋겠습니다.

저 또한 중국을 경험했고, 일본을 경험했습니다. 그래서 대한민국이 좋은 나라라는 것을 알고 있습니다.

아는 사람에게 보이는 것이지, 알지 못하고 이해하지 못하는 사람에게 보이는 것은 자신이 이해한 만큼의 모습만 보일 뿐 진실과 본질은 보이지 않습니다.

외모 또한 경쟁력입니다.

과거 뚱뚱하고 못생기면 성격이 좋다는 말이 있었지만. 요즘에는 그 말이 맞지 않는 것 같습니다. 제가 말하는 외모의 경쟁력은 타고난 아름다움을 말하는 것이 아닌 관리의 아름다움을 말하는 것입니다. 타고난 키와 몸무게, 외모는 어떻게 할 수 있는 것이 아닙니다.

하지만 좋은 피부와 머릿결, 말하는 사람의 입에서 나오는 말의 품격과 조신한 행동, 겸손함과 당당함은 본인의 경쟁력입니다. 제가 말하는 말을 있는 그대로 이해할 수 있는 사람은 나와 생각이 같은 동류의 사람밖에는 없습니다.

제가 하고 싶은 말을 함축해서 한 단어로 말할 수 있지만 그것을 이해할 동류의 사람이 아니면 이렇게 풀고, 비유하고, 은유해서 설명할 수밖에 없어 인간의 한계를 느낍니다.

수신제가 치국평천하를 말하면 알아야 하고, 좌정관천을 말하면 알아야 합니다. 논어를 말하면 논어를 알아야 합니다.

우리는 4차산업 AI 면접을 보는 세대입니다. 컴퓨터는 데이터로 우리를 판단합니다. 이력서, 자기소개서의 글로 글에 포함된 긍정의 단어로 그 사람을 평가합니다. 사진 속 인상으로 그 사람의 성향을 평가합니다.

우리는 면접을 봅니다. 좋은 사람에게서는 향기가 납니다. 냄새가 아닌 향기가 납니다. 봄처럼 산뜻한 향기, 여름처럼 따뜻한 향기, 가을처럼 색깔을 입은 향기, 겨울처럼 새하얀 향기…

본인은 어떤 색깔의 사람인가요? 저는 선명한 색상의 단색을 좋아하는 사람입니다. 그냥 옷을 입기는 해도 알 수 없는 색 섞인 색은 좋아하지 않습니다.

저는 착한 사람이 좋습니다. 상냥한 사람이 좋습니다. 예쁜 여자보다는 아름다운 품격 있는 여자를 좋아합니다. 그렇습니다. 성별이 여자인 성적인 여자는 관심이 없습니다. 사람인 여자가 필요합니다. 제가 남자이기 때문이죠. 여자도 그럴 것 같습니다. 사람다운 남자가 필요하지 성별이 남자인 남자는 필요가 없을 것입니다.

외모 또한 경쟁력이니 자신을 아름답게 가꾸는 노력을 해야겠습니다.

나란 존재가 왜 태어나서 이렇게 힘들게 살아가냐고?

질문하십시오. 선생님들이 아닌 자신에게요. 진지하게 자신에게 물어보십시오. 정답과 해답은 이미 본인들이 가장 잘 알고 있습니다.

구글에, 네이버에 먼저 쓴 사람들의 경험을 경험해 보고 내 것으로 만들어 스스로 생각을 해보십시오. 창조의 어머니가 모방이듯 책 한 장 읽지 않는 사람에게서 제대로 된 사고가 나오지 않습니다.

자기를 모르겠으면 심리학책을 자신의 수준에 맞는 책으로 사서 읽어보십시오. 책장이 안 넘어가는 책 말고 쉬워서 그림으로 몇 글자 읽지 않아도 술술 넘어가는 그런 책으로 보세요. 책이 두껍다고 어렵지 않습니다.

책이 얇다고 지식의 무게 또한 가볍지 않습니다. 대부분 두꺼운 책은 쉬운 책이 많고 가벼운 책이 함축된 내용을 증명하는 경우가 많습니다. 다만 우리는 두꺼운 책은 조급한 마음에 손이 안

가고, 얇은 책으로 손이 가는 경우가 많을 뿐입니다.

　내가 존중과 사랑을 받아야 하는 이유, 제가 당신을 좋아하고 싫어할 수밖에 없는 이유는 다름이 없이 같은 이유를 가집니다. 설명할 필요가 없습니다. 앞에 글에서 이미 수차례 말했거든요…

　하지만 다시 말하겠습니다. 인간 본연의 자세에서 나오는 인간에 대한 사랑, 존중, 믿음, 신뢰가 필요한 것입니다. 태초의 인간으로서 아담과 이브로 돌아가는 것입니다.

　에덴동산은 사라지지 않았습니다.

　존재하는 곳에 그대로 존재하고 있습니다. 상징적인 존재로 내 마음과 당신 마음에 존재하고 있습니다.

2024.02.12. 장민수 미카엘

83년생
바보
장민수

초판 1쇄 발행   2024. 4. 24.

지은이   장민수
펴낸이   김병호
펴낸곳   주식회사 바른북스

편집진행   황금주
디자인   한채린

등록   2019년 4월 3일 제2019-000040호
주소   서울시 성동구 연무장5길 9-16, 301호 (성수동2가, 블루스톤타워)
대표전화   070-7857-9719 | **경영지원**   02-3409-9719 | **팩스**   070-7610-9820

•바른북스는 여러분의 다양한 아이디어와 원고 투고를 설레는 마음으로 기다리고 있습니다.

이메일   barunbooks21@naver.com | **원고투고**   barunbooks21@naver.com
홈페이지   www.barunbooks.com | **공식 블로그**   blog.naver.com/barunbooks7
공식 포스트   post.naver.com/barunbooks7 | **페이스북**   facebook.com/barunbooks7

ⓒ 장민수, 2024
ISBN 979-11-93879-82-5 03810